赛伦·穆塔夫，身兼二职——作家和演员。参与制作了轰动一时的情景喜剧《包教授的故事机》，该剧在伦敦西区、爱丁堡艺术节以及英国各地广受好评。他还出演过英国广播公司儿童频道系列喜剧，同时也是一位剧本创作者。目前，作者已发表儿童文学作品10余种，其中包括《魔法日记》系列四本。作者曾获英国2013年度趣味读物奖。

酷骑小子

〔英〕赛伦·穆塔夫　著

〔英〕蒂姆·韦森　绘

佐　伊　译

魔法 日记

北方联合出版传媒(集团)股份有限公司

万卷出版公司

·沈阳·

ⓒ 赛伦·穆塔夫 蒂姆·韦森 佐伊 2017

图书在版编目（ＣＩＰ）数据

魔法日记.酷骑小子 / (英) 赛伦·穆塔夫著 ; (英) 蒂姆·韦森绘 ; 佐伊译. — 沈阳 : 万卷出版公司, 2017.12

书名原文: The Fincredible Diary of Fin Spencer: Stuntboy

ISBN 978-7-5470-4704-0

Ⅰ.①魔… Ⅱ.①赛… ②蒂… ③佐… Ⅲ.①儿童小说—长篇小说—英国—现代 Ⅳ.①I561.84

中国版本图书馆CIP数据核字(2017)第290911号

著作权合同登记号 06-2017年第57号

出 品 人：刘一秀
出版发行：北方联合出版传媒（集团）股份有限公司
　　　　　万卷出版公司
　　　　　（地址：沈阳市和平区十一纬路25号　邮编：110003）
印 刷 者：鞍山市春阳美日印刷有限公司
经 销 者：全国新华书店
幅面尺寸：130mm×200mm
字　　数：95千字
印　　张：5
出版时间：2017年12月第1版
印刷时间：2017年12月第1次印刷
责任编辑：王铮铮　齐丽丽
责任校对：张希茹
装帧设计：范　娇
ISBN 978-7-5470-4704-0
定　　价：22.00元
联系电话：024-23284090
传　　真：024-23284448

常年法律顾问：李　福　版权所有　侵权必究　举报电话：024-23284090
如有印装质量问题，请与印刷厂联系。联系电话：0412-2228073

谨以此书献给我的孩子们

——费恩、爱丽，老爸永远爱你们！

主要人物

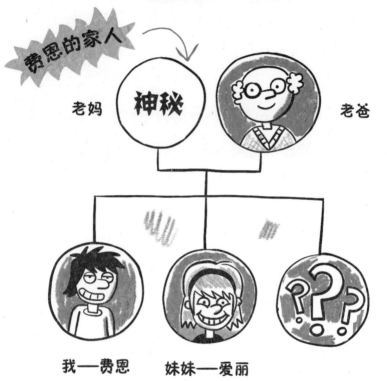

费恩的家人

老妈　神秘　老爸

我——费恩　　妹妹——爱丽

费恩的朋友

克劳迪娅

乔什

馋猫胡子先生

星期日

先把话挑明，我不是一个喜欢写日记的人！以前不是，现在不是，未来也不会是。我从来没有穿过羊毛衫，从来没有集邮的习惯，从来没吃过沙拉，从来没有在游泳馆跳台的跳板上流过鼻血……好吧，最后一条我承认有那么一次，不过是因为当时我脚滑，一头撞到了护栏上。（哎，我为什么要叫它护栏？它明明很危险。）

我白天扮演着一个自行车骑手的角色，到了晚上呢，我就摇身一变，成为一名摇滚歌手，至少

十二岁之前是这样子的。十二岁之前，我可以无所不能……

哦，对了，顺便说一下，我叫——

费恩·斯宾塞。

仅仅十二岁的我，就即将要开创自行车特技整车跳的新纪录啦，其实是差不多要开创了，万事都有个开头，不是吗？图片上的女孩儿叫**爱丽**，是我六岁的妹妹。

她就像我奶奶手工制作的生日礼物一样不讨人喜欢。

现在，我知道你心里在想什么，你一定在想：

很明显，**费恩**，

你是个很酷的家伙，

酷到都不会瞧上日记本一眼，更别提写日记了，

你到底在搞什么鬼？

好吧，事实的真相是，我本不想要这个日记本，它是独角兽游乐场里一位古怪的老奶奶送给我的，游乐场的事一会儿我再跟你讲。我刚想把日记本扔到垃圾桶里，脑子里就冒出一个只有天才才能想出来的好主意……

每个人都喜欢读一些名人传记故事，对吧？那些足球明星啊，演员啊，流行歌手啊，他们都会把自己的故事写成一本书，进而从中赚一大笔钱。

总有一天，我会成为全世界乃至全宇宙最受欢迎的人。等那一天到来时，我就会成为大街小巷人们茶余饭后谈论的焦点，到那时，这本日记就将是我开启百万富翁之门的金钥匙！

两周后，学校将要举行一场才艺表演，我将会在这次表演中小试牛刀，提前尝尝成功的滋味。而这本日记将会告诉我未来的粉丝们我是怎样一步一步迈向成功的，此时此刻，我已经开始听到好多好多零花钱在耳边 唰唰唰 地响啦！

现在，在我正式开始写日记之前，我要先给你讲讲游乐场的那位古怪的老奶奶。

我之所以会出现在游乐场，主要是为了体验一次叫"骑行终结者"的游戏，众所周知，这是骑行界最恐怖的骑行游戏，但是对于立志成为一名出色的特技骑手的我来说，我迫不及待地想去尝试一次。问题是我已经被老妈禁足一周了，因为我试着教妹

妹摔跤。(你不会天真地以为是我妹妹主动想学吧？）

不过，**爱丽**已经缠着老爸老妈一周了，可怜巴巴地央求带她去游乐场。可老爸老妈总用家务忙这个理由敷衍她。你问我怎么知道的？很明显嘛！家里根本没什么家务可做，我老爸甚至还自己把脏衣服给洗了。

所以，为了能去游乐场，我主动提出带**爱丽**去。计划很成功，他们同意了！尽管出门前老爸对我唠叨了足足十分钟的**"老爸十不许"**，老爸对什么事都有一套"十不许"守则。

我们可算到游乐场了，可**爱丽**一看到**骑行终结者**，她就嘟囔说不想玩这个。我只好告诉她在原地等我，等我玩完了**骑行终结者**之后，就带她去玩她喜欢的游戏。

好多人在排队，好不容易排到我了，**骑行终结者**前面的一个大牌子映入我的眼帘，这游戏竟然限

高，简直是

　　我没有达到要求的身高标准，收银处那个雀斑小子看了看我，摇了摇头，无论我如何费尽口舌地说服他，都不管用。更糟糕的是，**布拉德·拉德利**大摇大摆地从我旁边走过，直接就进去了。**布拉德**和他的小伙伴们都觉得自己简直酷到爆了，不管怎么说，**布拉德**都是学校里名副其实的最刻薄的男孩儿了。

　　等我回去找**爱丽**的时候，她正在那儿大哭，我知道唯一一个不让她哭的办法就是带她去坐**旋转木马**，但是那个雀斑小子说**爱丽**这么小的孩子需要有人陪同，必须在成人的监管下才能坐旋转木马，尽管我不是成年人，不过他说他可以放宽要求把我算成大人。

　　想都别想！！

我才不玩那玩意儿呢。还是回家算了。

一听到要回家，**爱丽**哭得更凶了。我能来游乐场，完全是因为她想玩旋转木马，如果就这样回家，她一定会去老爸老妈那儿告我的状，到时候我一定比现在还惨，说不定就被终生禁足了。别无选择，我只好陪她坐上去了。

木马刚一开始旋转，**布拉德**就看见我了，他笑着掏出手机，"咔嚓"！

我超级尴尬，真想找个地洞钻进去。

我的心情差到极点，木马一停，我就像蝙蝠侠一样"嗖"地一下蹿出去，拉着**爱丽**飞奔向出口。刚跑两步，刚才提到的怪奶奶突然从帐篷里蹿出来，拦在我们前面，她看起来足足有 100 岁。

到我帐篷里来，

我能预知你的未来。

其实我本想告诉她，我已经预知到了我的未来，明天我会因为和我的小妹妹骑旋转木马而被全校同学耻笑。

还没等我说话，怪奶奶已经把**爱丽**领进帐篷，

我非常想把**爱丽**一个人留在那儿，可我又不能这么做，毕竟这位老奶奶是个陌生人，我不能把**爱丽**留下和一个陌生人待在一起。我只好也跟进去了。

她问我："游乐场好玩吗？"

"一点儿都**不**好玩儿。"我说，"应该叫它'游哭场'。"我把前因后果跟她简单讲了一下，说："我多希望刚才的事儿没有发生啊。"

她若有所思地点点头，冲我微微一笑。然后递给我这本日记，说：

这本日记会让你梦想成真。

一本日记怎么会有这么神奇的魔力？她难道不知道日记本是给笨蛋和傻瓜用的吗？我两者都不属于，谢谢。趁怪奶奶送我其他的我不需要的东西（茶壶啦，刮胡刀啦）之前，我必须马上离开。我道了声谢谢，连忙拽着**爱丽**跑出来。

一回到家，**布拉德**和他那破手机的事儿在我脑子里乱成一锅粥，这会如何毁掉我的一生，我根本不敢去想。

星 期 一

　　说真的，今天是我十二年来最糟糕的一天，没有之一。糟糕到我多么希望我还躺在床上，没起来。

　　我一起床，事情就朝着糟糕方向肆意发展了。还记得昨天我说老爸洗衣服了吧，一生中唯一的一次。

　　我终于知道老爸为什么不总洗衣服了，**因为他根本就不会洗！**

　　他把我的所有校服上衣都染上了粉色，还不是单纯的粉色，而是那种闪亮的粉色，闪到让你流鼻

血的那种**粉嘟嘟**的颜色。然后我试着穿裤子，因为他用热水洗的，所以我的裤子缩水缩得比**小仓鼠**的比基尼还小。

我突然茅塞顿开，没有校服穿就意味着可以不用上学！**完美！**其实今天也不完全是一败如水，**一败如水，**水，这里一语双关，你看懂了吗？（我真佩服我自己，讲笑话的能力简直堪比喜剧演员。）

不开玩笑了，衣服还是要穿的。我只得放弃校服，套上牛仔裤和 T 恤。

我老妈看到我这样，大发雷霆，然后我解释说这都怪老爸，害得我没有校服穿，她就把怒火喷向

了老爸。 **很完美！**

老爸试着缓和一下紧张的气氛，给我们讲了一个报纸上的冷笑话，他看的是一个漫画连载，名叫《**甜言蜜语小破孩儿**》，有脑子的人都知道，这上面的笑话**比四岁小孩儿的生日派对还要弱智。**漫画的主人公是一个流鼻涕的男孩儿，他指着一位老爷爷问："**你为什么脸上皱皱的？是因为在水里泡得太久了吗？**"

我老爸简直笑得岔了气儿，接着老妈也跟着笑了起来，有时候我挺无奈的，他们俩的笑点还真低啊，跟我简直没法比。唉，算了。我**一直**都对他们俩没抱多大希望。

我刚想说话，突然就看见了报纸背面的内容，是最酷的摇滚乐队——**✕ 战鹰**的宣传广告，他们下周要来我家附近开演唱会！就算挤破了头，我也一定要去看。

我在看广告的时候，我妹妹**爱丽**也看到了同一页她的偶像歌手——**小酒窝查理**的宣传广告，你绝对想不到这是有多巧，他下周也要来开演唱会。我想说，她的偶像查理比另一页的漫画和四岁孩童的生日派对加起来还要弱智。

　　我问老爸老妈我可不可以去看演唱会，他俩还沉浸在刚才的笑话中，根本没空儿搭理我。最后老妈说："让我考虑一下。"意思是**"当然！"**

超完美！

　　我给自己倒了一大碗巧克力脆脆片，拿起遥控器，倒在沙发上，准备看一整天动画片。从来不洗沙发的老妈把我赶上楼，说我的校服其实没有看起来那么糟，她强迫我穿上，上下打量了一下，说："不是很差啊！"

不差？

什么叫不差？

14

呆瓜男孩儿的呆国之旅

主演：费恩·斯宾塞

这比食堂做的甜点还要差！我穿这个都能去演电影了，电影名字就叫作《呆瓜男孩儿》，由**费恩·斯宾塞**主演。

她不会让我穿这个去学校吧。

事实证明她会。

学校里唯一没有笑话我的人就是**乔什·道尔**，他是我最好的朋友。我们光屁股的时候就认识了，一起从小玩儿到大。

我们约好要在下周的才艺表演上一起同台演出。在表演内容上我们有些争执，差点儿没闹掰了。我想表演自行车特技，用飞跃式跃过躺在地上的**乔什**，但他怕我给他轧成南瓜饼。（这一点值得考虑，因为确实有这个可能。）但是不轧最好的朋友又能轧谁呢？**乔什**想表演一个脱口秀节目，可是他一点儿也没有幽默感。最后我们决定，我骑车越过一个鲨鱼缸，他来弹吉他给我伴奏。我说的鲨鱼当然不是真的鲨鱼，而是老爸去年圣诞节送我的礼物——一个上了发条就可以到处游的鲨鱼，这礼物挺没创意的，也挺逊的，不过它倒是真的能一直游啊游。我把它放到鱼缸里，然后我骑车跃过鱼缸，**这一套**

动作很有趣，也很危险，但重点是很酷炫！

言归正传，今天在学校，我穿着一身粉色上衣和小裤子，**乔什**刚看我第一眼，就叉着手说：

你看起来好滑稽啊！

乔什是一个不会撒谎的人，尽管有的时候他真的应该撒个小谎。

看到这里，你会说，今天应该不会发生比这更糟糕的事了吧？

你错了。

课间休息的时候，一些学生围在告示板那儿，我和**乔什**挤到前面，准备一探究竟，我看了一眼那个告示板，顿时有种万箭穿心的感觉，告示板上贴了一张照片，照片里是我骑在旋转木马上，下面一行字写着：

我去骑旋转木马啦！

我慌忙撕掉照片，可是晚了，所有人都看到了，无论我走到哪儿，他们都会说："旋转木马好玩吗？**费恩**同学。"

至少，今天应该不会发生比这更糟糕的事了吧？

你又错了。

我沉浸在尴尬之中不能自拔，竟然忘记了课间之后就是体育课。虽然体育老师——皮带扣先生有点儿疯狂，但是我并不讨厌上他的课，毕竟，这是他的工作。

当我走进更衣室的时候，才意识到一个严峻的问题，今天早上因为满心忧虑上学穿什么，而忘记带我的运动包了。之后我又转念一想，其实忘记带运动服也没有什么不好，天知道我的老爸把我的运动包放到他的魔法洗衣机之后，会发生什么！

我躲在更衣室里，希望皮带扣先生不会发现我。

真不走运。

当他破门而入的时候，我的脑海里飘出了一万个借口。

刚开始的时候，皮带扣先生还显现出很理解我的样子，但是后来，他嘴里蹦出了五个最可怕的字：

失物招领处

他指了指角落，那是一堆从 1982 年就已经堆在那里的旧衣服。

我耸了耸肩，他不会让我穿这些衣服吧？！

结果还真被我猜中了，在旧衣服堆里，我能找到的最好的一件 T 恤竟然散发着一股臭脚丫子味儿，唯一能穿的一条运动短裤的松紧带也断掉了。

不过，至少我还有我最好的朋友**乔什**，他一定会让我开心一点儿。

你看起来好好笑哦！ 乔什看到我之后，这样说。

你真会安慰人，**乔什**。看来我真需要一个靠谱点儿的朋友了。

体育课上，我一直躲在角落里，双手提着裤子，浑身上下散发着臭臭的味道。我一直远远地躲着篮球，但是**布拉德·拉德利**看到我这样子，直

接把球砸向我的脸。我可不想从此毁了我这张明星脸，所以我松开提着裤子的双手，拦住飞来的篮球，还好，没有伤到我的脸。

紧接着，全班同学的头齐刷刷地转向我，愣了三秒钟，然后开始爆笑。我不怪他们，我站在体育场上，**穿着内裤。**换作别人，我也会笑的。

皮带扣先生看见我，大喊了一声，声音大到能把他的头爆炸掉。

我提起裤子，踮起脚尖悄悄溜走，其他同学继续比赛。下课后，皮带扣先生又把我批评了一顿，不仅因为我忘记带运动衣，还因为我穿着内裤大摇大摆地在公共场所出入。

我试着跟皮带扣先生解释，这些都不是我的错，但是他不听，惩罚我放学之后不许离开——我被留堂了。

当然，这一整天，我身上都**散发着一股**

"**失物招领处**"的味道。不管我怎么洗，都摆脱不掉这难闻的气味。

很快就放学了，我正往教室走去，准备接受留堂的惩罚。**布拉德·拉德利**把我挤到走廊的角落，掏出手机，给我的粉红小制服拍了张照，"瞅瞅你这呆子样儿，我可得留个纪念！"他边笑边跟走廊里的其他人讲我的糗事。他说我特别喜欢玩儿游乐场的旋转木马，说我喜欢穿粉色，说我在体育课上脱裤子，说我身上臭臭的……他终于讲完了，然后回过头来上下打量着我，

身后笑声连连，我这才意识到，他给我起了一个外号：**废柴费恩**。

这外号起得多顺口啊！**布拉德·拉德利**虽然是

个很刻薄的孩子，不过我得承认他很聪明。

很轻松地度过了皮带扣先生的留堂，真是头一遭！

时间一到，我立马像喷气枪一样飞出了教室！到家时，老妈购物刚回来，给我买了件新的制服，还给我做了意大利面，意大利面上还画了一个笑脸。

尽管这样，我还是开心不起来。

我决定翻开我的日记本，把这糟糕的一天记录

下来。有时候，把心事全都写下来会让你轻松不少，我说的没错吧？ **错！**

看到这些事被写下来，我非但没感觉轻松，反而心情更加低落了。我想，就算是名人也会有糗事吧！就像刘易斯·汉密尔顿有一次把脚趾头卡在一辆法拉利上了，西蒙·科威尔在他的按摩浴缸里放了屁屁……好吧，我还是把这些事情留给我未来的粉丝们吧，将来再讲给他们听。

我还是很讨厌**布拉德·拉德利**和他的破手机。得有人站出来和他对抗，我多希望刚才就告诉他，他就是一个校园小霸王，这一点人人都知道，只是太怕他了而没人敢告诉他。如果要颁一个年度最差劲人物奖，那么这个奖一定非他莫属！

我可不是**废柴费恩**，我是**神奇费恩**——神奇侠**费恩·斯宾塞**。当我和**乔什**夺下才艺表演的桂冠，成为摇滚巨星时，人人都会记住我的名字！

星期二

如果说昨天是**最糟糕**的一天，那么今天就是最奇怪的一天，简直比浑身沾满巧克力的灰栗鼠还要奇怪。我暗中怀疑，这跟我悄悄写下的那篇日记有点儿关系。我们一会儿再提这件事，现在，听我从头跟你慢慢道来！

我今天早上不想上学了，换作是你昨天刚刚得了一个叫"**废柴费恩**"的新外号，你会去吗？无论你走到哪里，都会被一遍遍地叫这个名字。所以我假装生病，这样老妈就会让我待在家里了。

真不走运，老妈看穿了我的把戏，她总能看透我。我都怀疑她是不是有什么特异功能呢。

不管怎样，我从衣柜里拿出我的新制服。穿上有点儿痒痒，不过至少这不是粉色的。我跑到楼下吃早餐。情况不太妙，**爱丽**把所有的巧克力脆脆片都吃光了，所以老妈让我吃她的谷物麦片，这麦片吃起来像硬纸板，吃了它，我的便便或许都能变成砖头一样硬。

去学校的路上，我情绪很低落，我觉得同学们一定会叫我"**废柴费恩**"的。

但是，奇怪的是……

当我走进走廊时，所有人都在盯着我。这并不奇怪，毕竟昨天我出了那么大的糗。

但是他们的目光里充满了善意、钦佩和赞美，这一点让我感到很奇怪！最奇怪的是班级里最受欢迎的女孩儿**克劳迪娅·兰森**径直走向我，说：

26

"**费恩**，你昨天做的事情真的是太棒了，你真称得上是**神奇费恩**！"

神奇费恩？我没听错吧？我昨天除了出糗之外还做过什么特别的事情吗？她一定是因为昨天的事才这么说，早知道大家口味竟然这么独特，我一定会早早就穿着臭臭的运动服和内裤站在大家面前的！

接下来，**克劳迪娅**的朋友们开始为我鼓掌，等我反应过来，很多人都鼓起掌来，掌声不断。他们就那么喜欢我的内裤吗？我可以告诉他们哪里能买到，就是在超市的"买一送一"内裤大甩卖区域。

说实话，大家的反应这么强烈让我有点儿不知所措，等我走到我的储物柜那里，我紧张得钥匙都掉到地上了。我刚要弯腰捡起来，**布拉德·拉德利**就伸出双手为我捡了起来。

这一定是他的恶作剧，一定是。他会拿着钥匙在大家面前一晃，"这一定是能成为**废柴费恩**的神奇钥匙！这属于**费恩·斯宾塞**！"或者其他什么话，他确实很讨厌，不过我得承认他有时候确实很有幽默感。

然而，他什么也没有说，微笑着帮我打开柜子，然后帮我把书装到书包里。真是太**奇怪**了。**布拉德**是不是摔倒了，撞到了头？然后醒来就是

一个**完全不同的人**了！

他把我的化学课本装到书包里，开始为昨天的事情道歉。他可是大名鼎鼎的**布拉德·拉德利**啊，他竟然在跟我道歉！我太震惊了，这时候如果有蚂蚁在我额头上跳舞，我也丝毫不会察觉！很显然，他仔细考虑后发现我是对的——我所说的每一句话都深深触动到了他！

等一下，我说的每一句话？我昨天根本没开口说一个字啊，**布拉德**嘲笑我，而我就像一个呆瓜一样站在那里，一言不发，没错，就像呆瓜一样！

我在脑海里飞速地翻转昨天发生的一切，**布拉德**还在不停地道歉，说他不应该做一个人见人怕的小霸王，决定从现在开始改头换面，和每一个同学都友好相处，然后，他把一只胳膊绕到我的肩膀上，给了我一个大大的拥抱，说："你真了不起！"

我眨了眨眼睛，还是不敢相信眼前所发生的一

切。接着，**乔什**朝我走来，笑得嘴都要咧到耳朵后面去了，他凑近我说："兄弟，你昨天的表现棒极了，不愧是**神奇费恩**！"

现在，我可以接受**克劳迪娅**说我是超级大天才。（好吧，她原话并不是这样说的，但是意思很相近啦！）我也可以接受**布拉德**拥抱我，但是**乔什**也叫我**神奇费恩**？这太不像他了！我已经忍受不了了，我把**乔什**带到卫生间，央求他告诉我到底发生了什么事！

他有点儿摸不着头脑，"你知道的，昨天，你终于挺直腰板和**布拉德·拉德利**对抗了啊！"

我挺直腰板干**什么**了？！

"继续说，"我说，"不知怎么了，我记不太清楚了。"

"你必须记清楚！他在嘲弄你，嘲弄你的制服、你的裤子、你身上散发出的味道，还有旋转木马的事情……"

"对对对，谢谢你提醒我这些糗事啊，你就继续讲吧！"我心里想。

"但是，你好勇敢，你没有傻愣愣地站在那儿，而是当面告诉**布拉德**，他这是在欺负人。然后你又跟他说，你不是**废柴费恩**，你叫**神奇费恩**，你说你会跟我一起在下周的才艺表演上拿大奖，来证明这件事情！"

乔什到底在说什么呢？ 难道是学校的管理员在走廊里喷上什么魔幻气体了吗？因为这些都不是我记忆中的样子啊，我倒是希望我说过那样的话，不过，只是希望而已，我是绝对不敢跟**布拉德·拉德利**说那样的话的。

我刚想解释，**乔什**掏出手机，播放了一段我跟**布拉德**对话的视频。（看来，除了我之外，现在人人都有一部超级棒的能拍视频的智能手机，而我连一部能打电话的手机都没有。其实，我也

不需要打电话，但是我确实想拍拍照片、上上网……好吧，我想要一部手机！你猜怎么着，这次才艺比赛的奖品就是一部手机，所以我的愿望指日可待。）

不管怎么说，回到刚才的话题，**乔什**手机里的视频确实是我在跟**布拉德**理论。但是为什么我一点儿也不记得了？突然，我灵光一现，我一定是在做梦，我得赶紧醒过来了。

我让**乔什**掐我一下，他高兴坏了。

哎呀，真疼，可惜我并没有醒过来，也就是说我没在做梦，这一切都是真的。

再仔细回想一下，我做的这些事和我昨天在日记里写得一模一样。我正要告诉**乔什**这件奇怪的事，上课铃声就响了。

数学课上，约翰逊老师说要给我们进行一个数学测验，这给了我当头一棒，一下子把我从

梦里拉回现实，并不是说我不擅长数学，而是我的数学简直烂透了。

$$2+2=22 \qquad 1+1=11$$

老师昨天就说过今天要测验，我一定是走神了，因为我完全不记得了。我本来应该早点起床复习一下的。虽然我的本意是好的，可是我从来没有这样做过。今天，我想如果我早晨有复习的话，我可以答好试卷的，其实数学卷子也没有什么难的。这次我尽力了，至少有一道题我的回答一定是正确的……

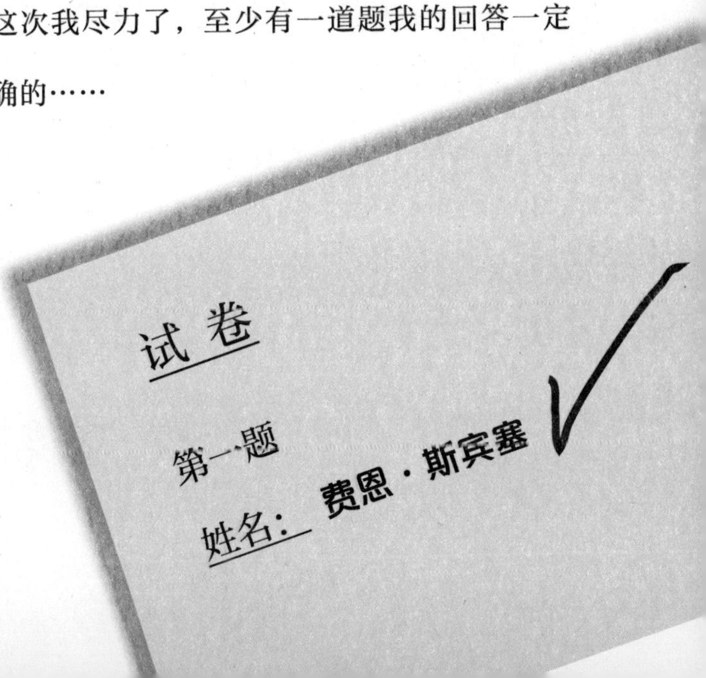

<u>试卷</u>

第一题

姓名：**费恩·斯宾塞**

然而，对于这个完美的一天而言，这都不是事儿！因为我昨天勇敢地面对**布拉德**，所有人都对我超级友好。吃午餐时，餐厅里有一个临窗的绝佳位置，这个位置一向属于**布拉德**和他的伙伴们。我从来没有在那里用过餐。今天**布拉德**邀请我加入他们。

　　布拉德甚至帮我去取餐盒，还跟我分享他的薯条吃。我可能是误解他了，他也许很刻薄，但是他也很有趣呀。现在我们坐在一起聊天，也许我们能成为好朋友呢。

　　像今天这种情况是我做梦也没有想到会发生在我身上的。我是万众瞩目的焦点，我是小英雄，我是超级棒的小孩儿。不对，说错了，重说，我是**神奇费恩**。

　　当我吃完午餐回教室时，**克劳迪娅**第二次来到我面前，说："嗨！"

　　我紧张得不得了，一时语塞，不知道该怎么回

答她。我咧嘴一笑，忙溜回教室。如果我真的是**神奇费恩**，我应该说点儿有趣机智的话，可是，当时我的脑子就像生锈了一样，一转也不转了。**好吧**，这一天也不能百分之百完美，对吧！

当我回家时，我拿出日记本。我想今天的怪事应该跟这本日记有关系吧。我翻到昨天写的日记，我写了我想跟**布拉德**说的话，结果今天大家都认为我是真说了；昨天我想成为**神奇费恩**，结果今天就实现了。这日记是有魔法吗？

等等。我知道魔法日记这个说法都是骗小孩子的。如果我告诉大家我有本魔法日记，他们一定会认为我去了趟游乐场，坐了回**旋转木马**，脑子也转糊涂了，以为自己是童话王国里的 国王 了。

我不想想太多，不管怎么说，今天真的是超级爽的一天，虽然数学测验不怎么顺利，还有在**克劳迪娅**面前显得太笨拙。我本应该早晨复习一下

数学的，真希望我能在**克劳迪娅**面前机智点儿，说点儿"嗨，我是**神奇费恩**"这样的话，然后再冲她眨眨眼睛，露出酷酷的微笑。

　　现在说什么都太晚了，不过明天总会到来的。谁知道呢，我把这些写到日记里，说不定明天就会灵验的。并不是我真的相信魔法的存在，而是，当你成为**神奇费恩**的时候，一切皆有可能！

星期三

　　早晨起床，我迫不及待地想去上学，因为我现在是**神奇费恩**，学校里的一切对我来说都会**超级酷**。我赶紧从床上跳起来，飞奔到楼下吃早餐。

　　我刚在餐桌前坐好，我老妈走了过来，摸了摸我的额头，问我是不是有点儿发烧。

　　我告诉她我好得不得了呢，这回，我老妈和我老爸交流了下眼神儿，忧心忡忡的样子。因为他们从来没有看到过我在早晨的时候这么生龙活虎，所以我一定是哪里不正常了。**果然不出我所料！**昨

天我花了一早上的时间想让他们相信我生病了，而今天我好端端的，他们却觉得我得了肺炎什么的。真搞不懂这些当父母的啊！他们怎么能这么胡乱猜测，要知道他们已经当了十二年的父母啊，十二年可不短啊，现在应该有进步了啊！

　　不管怎么说，什么都破坏不了我的好心情，即便老妈说她不再买巧克力脆脆片了，她认为我们应该吃些健康的麦片。"吃这个会让你们正常的。"我老妈的意思是"吃这个会让你们正常排便"。我老妈对这些养生的事情可上心了，别问我为什么，我可不知道。他们除了关注健康这些事情，还可以多在乎一些有用的事情——比如说：**买巧克力脆脆片！** ←

　　不管怎么样，就像我说的，我不会让一盒巧克力脆脆片破坏了我的好心情。今天一定是特别棒的一天。

当我走进校门的时候，我对我的新朋友（或者说我的粉丝？）都挥了挥手。

然后，我看见了**克劳迪娅**，就大摇大摆走过去打招呼。我装出一副很酷的样子，但是她看都不看我一眼，就当我**不存在**一样。

真奇怪，我昨天是没有跟她讲话，不过她也不至于今天**完全**不理我吧？

排队点名的时候我跟**乔什**讲了刚刚发生的事。他说他听说**克劳迪娅**跟好朋友说我昨天告诉她我叫**神奇费恩**，然后冲她眨了眨眼睛，露出诡异的微笑，表情怪得就像我正在放屁或什么一样。

乔什到底在说什么呀，我才刚刚原谅他，因为他不同意我提议他在才艺表演上做我的垫背，现在他又说**克劳迪娅**说我诡异？他可得小心了——我可以选择好多其他人做朋友的。不管怎样，我根本没有对**克劳迪娅**笑，我只是尴尬地走开了。

就在这时，我才发现这本日记是多么的奇妙。它**确实**能改变一些事情——它是有魔法的！

昨晚，我确定我写了我希望对**克劳迪娅**说点儿酷酷的话，对她笑笑。这么看来，我确实做了，好吧，只不过有那么一点点事与愿违——**克劳迪娅**不喜欢我自诩为**神奇费恩**，而且她觉得我酷酷的微笑很诡异。但是，这些都不是重点，重点是：

这本日记是有魔力的！

现在我确定接下来的一天会很轻松。

这节是约翰逊老师的一堂课，她上下打量我，连连问我还好吧。说实在的，一个大人是不会懂得一个生病的小孩子的，即使这个孩子快要把肺咳出来了。

当同学们都就座时，老师发了昨天测验的试卷。开始我还有点儿不敢看这份卷子，可是当我想起来

日记本的魔力时，我一点儿也不担心了。我翻开卷子一看，果不其然，我的分数棒极了！这真的是头一遭，太稀奇了，约翰逊老师让我站起来，全班同学都为我鼓掌。**好吧，确实有那么一点儿尴尬，不过，我会适应的！**接下来，老师奖励给我三颗星，说还要给我爸妈发一封邮件。

在接下来的时间里，一切都一帆风顺。当我下

课准备去吃午餐时，我冲约

翰逊老师酷酷地一笑，而老师

问我，是不是要去卫生间……

　　午餐过后，**布拉德**来找我和

乔什，给我们看了他手机里的一个

视频。看着看着，我和**布拉德**狂笑起

来，不过**乔什**没有笑，他只是看着我俩，

好像在说：

我不明白你们笑什么。

　　乔什绝对不是最聪明的那个孩子，现在他

也有点儿**尴尬**。**乔什**一直是我最好的朋友，但

是最近他有一点儿书呆子气，他毁了我的才艺表

演，他嫌弃我的笑容，还说我的笑容诡异，他现在

看了这么有趣的视频竟然不笑。我开始觉得他属于

以前那个呆瓜**费恩**的好朋友，可我现在已经不是呆

瓜了，我是**神奇费恩**，**神奇费恩**应该有更酷的好朋友，就像**布拉德·拉德利**这样的。

布拉德有时候可能会有些刻薄、粗鲁，但是他还是个很有趣的人。说实话，有时候我真希望**布拉德**站在我这边，和我是好兄弟。**布拉德·拉德利**可不是书呆子，他是**神奇费恩**的好朋友！

当午餐结束铃声响起的时候，**乔什**一路小跑跑回教室，真像是书呆子。我和**布拉德**悠闲地走着。**布拉德**问我关于才艺表演的事情，我告诉他我和**乔什**的计划——我表演自行车特技跳过鲨鱼缸，**乔什**表演吉他独奏。

布拉德听后，说这是历史上最炫酷的特技表演了，我回答他说："你说得不能再对了。"我真的差一点点就能做到了，我会骑自行车，我有一条可以上发条的鲨鱼，我还会点儿自行车特技，现在，我只需把这几点结合起来，**能有什么难呢？**

当我们穿过操场时，**布拉德**问我："你能相信**乔什**吗？他不会搞砸这场表演吗？"这个问题在我脑海里挥之不去。我知道我自己肯定没问题，但是**乔什**会是一个累赘，尤其是当着好几百个观众的面。我必须得确定**乔什**不会有失误，我们必须加强练习。

当我放学回家时，老妈正在客厅等我，手里拿着约翰逊老师发过来的反馈单，接着给了我一个大大的拥抱，告诉我餐桌上有一份惊喜给我。

我跑过去一看——

整整一大盒巧克力脆脆片！

好吧，不是我期待的 **✗战鹰**演唱会的门票，不过这仅仅是个开始。这件事让我灵机一动……

刊登演唱会消息的报纸还在桌上，我翻开那页，有模有样地大声说："这一定是一场盛大的演唱会啊！"

老妈过来看了看报纸，挑起一只眉毛说："我们拭目以待吧！"这句话的意思应该就是，老妈已经给乐队打过电话，买到了后台的票啦！

这些票就在她包里！

晚饭过后，我跑到楼上去，在开始写日记之前，我要先给我的日记本一个吻。魔法日记这个名字对它来说绝对实至名归，如果我写完日记，我可能还会亲它一下呢！游乐场的老奶奶说得对，这本日记的确能帮助我得到我想要的东西。当然，**克劳迪娅**那件事不是很顺利，不过这不是日记本的错啦，一定是我没有好好描述。下次我会注意的。

这本日记能改变发生过的事情，我可以爱干什么就干什么，爱说什么就说什么！因为我只要动动笔，就能改变所有事情啦！**我，简直是无懈可击！**

明天快来吧！我可要好好地**放肆**一次了！

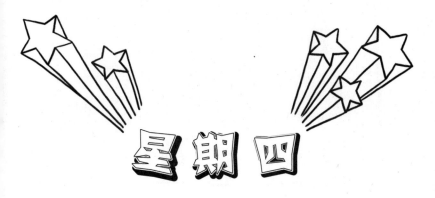

星期四

你有没有那么几天感觉什么糟糕的事情都不会发生在你身上？我就有这种感觉，而这一切都归功于我的魔法日记！

这不，好戏上演啦！早晨我下楼时发现我妹妹**爱丽**正在倒我的巧克力脆脆片，不错，就是老妈昨天奖励我的那袋。这对我很不公平，所以老妈让**爱丽**把巧克力脆脆片递给我，告诉她我吃完了她才可以吃。这个办法正中我意，所以我就自己吃了整整十七碗。我一碗接着一碗吃，足足吃了半小时，吃

得眼神儿都有点儿迷离了，但是这一切都是值得的。

我吃完了，盒子里一点儿也不剩了。**完美！**
爱丽就只能吃她的减肥餐。**很完美！**老妈看到发生的一切非常恼火。我摊开手，耸耸肩，说了句"对不起"，然后大笑起来，笑得肚子都疼了，差点儿从椅子上摔下来。

看我这样老妈就更生气了，**但是我不在乎**。因为我有魔法日记，到了明天，除了我，没有人会记得发生的事情！

今天，我也任性了一回，穿了我心爱的骑行服去学校，走在走廊里，所有人都像看怪物一样盯着我。我已经习惯了。我是**神奇费恩**，我怕什么，只有书呆子才穿校服上学呢，像我们这样的**天才**都穿酷酷的骑行服！

当**克劳迪娅**看见我的时候，她转过头去跟她身边的朋友窃窃私语。我想她一定是被我的装扮迷倒了。

布拉德在我的储物柜前帮我整理书籍。当他正帮我装书的时候，**乔什**向我走来。

他皱着眉头，看起来相当为我担忧。

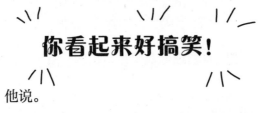

你看起来好搞笑！

他说。

乔什太无聊了。我怎么可能看起来很搞笑，我可是**神奇费恩**。**布拉德**说他觉得我看起来很酷！**乔什**和我真的是越来越没有默契了。然而这不是根

49

本原因，根本原因是**布拉德**现在对我很友好，他有好多酷酷的朋友，所以我不用一直跟**乔什**玩儿了。

早晨点名的时候，老师问我今天到底穿了个什么玩意儿，我告诉他："很显然，我穿的是一件骑行服啊！"这要是以前，我是绝对不敢跟老师这么说话的，但是一想到我的魔法日记，我就觉得我简直是天下无敌了。

听了这话，同学们开始哄堂大笑。约翰逊老师看了我一眼问我校服哪去了，我说一只獾把我的校服吃掉了。

同学们笑得更欢了，约翰逊老师气得像喷火龙一样，我都能看到她耳朵里正冒出的一缕烟。她问我，"你没发烧吧？"奇怪，怎么和老妈问一样的问题，**我好得很啊！**我反问老师，"老师，你还好吗？你耳朵冒烟了，不会是着火了吧！"说完，我冲**克劳迪娅**眨眨眼，她不敢相信地摇摇头。

同学们的笑声好不容易停了下来，老师说："我们下课再讨论你制服的问题。"潜台词是"小鬼，**这回你惹上大麻烦了**"。没关系，我有魔法日记，我怕谁！明天一到，我就又是她的三好学生啦！

英文课上，胡斯顿老师搞了个突击测验。我们得轮流站起来拼出她指定的单词。我一直觉得拼写考试很没有意义，她难道没听说过计算机"自动检错"这项功能吗？**电脑会自动检错，谁还会花时间背单词呢？**

话说回来，胡斯顿老师给我选了一个非常难的单词，我猜她一定是故意的。她让我拼出"uranium"这个单词。我支支吾吾"U……R……A"突然我灵机一动，转过身对**乔什**说："U……R……A……书呆子。"

注释：U……R……A 同 you are a 发音相同。原句意思是：你是一个书呆子。

又是一阵哄堂大笑，除了胡斯顿老师和**乔什**。老实说，当着全班同学的面嘲笑**乔什**，我觉得自己有点儿过分了。不过**乔什**确实有点儿书呆子气，他总是有一万个理由告诉你为什么不该这么做。而且我刚讲的笑话很好笑，不是吗？再说，我有魔法日记，我怕什么！

胡斯顿老师给我记了一大过，告诉我下课去校长办公室。我从来没有受到这么严重的惩罚，在我印象中，这个惩罚一直非**布拉德·拉德利**莫属。老师还把我昨天得到的三颗星星划掉了。然后命令我坐到教室外面去，不要进来！这都在我意料之中！

下课铃终于响了，我把课间时间都用在了和胡斯顿老师讨论学校制服的问题上。下节课是音乐课，**我最爱音乐课了**，而且成绩还不错！唯一的问题就是音乐老师——布彻斯特先生品味真的是太差了，他让我们学一些又老又逊的曲子，摇篮曲啦，或者

20 世纪 70 年代的歌曲，这些歌是老爸老妈他们年代的吧？这不，今天他又让我们弹什么《天堂的阶梯》……这到底又是哪个遥远年代的曲子啊！

难道他没看到我穿着一身酷酷的、胸前印着 ✗ **战鹰**乐队的骑行服吗？穿这个衣服只能演奏 ✗ **战鹰**的曲子！我抄起一把吉他，插上电，弹起来！

布彻斯特先生一只手捂住耳朵，一只手迅速拔掉电源。真是扫兴。他让我弹手风琴，没问题，我可以用任何乐器演奏 ✗ **战鹰**的歌曲。

接下来，他又把手风琴拿开，给了我个三角铁。

再接下来，他又把三角铁拿开，告诉我一边儿待着，整理一下管弦乐队的曲目。虽然待在角落里，我也并不无聊，我把曲目单子折成纸飞机，然后瞄准布彻斯特老师的头。

然后，他也给我记了一大过，让我去走廊里待着，**去就去呗，**反正明天你也会忘记发生的一切！

中午，我正排队领午餐，**乔什**走过来，问我上午到底怎么了。

我说我上午好得不得了！他说我太差劲了。我说这是因为上午我英文课上取笑他，才这么说。他说这跟英文课上发生的事无关，我上午的所有表现都太差劲了。

我不想再听他说下去了，所以我走向**布拉德**的餐桌，**布拉德**跟我分享他的薯条，看，如果你站在他这边，他也是一个不错的朋友，不像**乔什**！

布拉德问我要不要来个食物大战？好极了！五秒钟后，漫天的食物就像下雨一样！在食堂管理员阿姨发现我们前，**布拉德**和我成功逃脱了！

然后他又问我敢不敢在男卫生间的墙上涂鸦。起初，我还是有点儿犹豫的，可我不想**布拉德**认为我是一个胆小、畏首畏尾的人，况且，好多人都在厕所乱写乱画过，可是没人被逮住，我应该不是最

倒霉的那个吧！

还真被我说中了，我果然是最倒霉的那个。 我刚拿出笔，校长大人——芬奇先生就进来了。我开始找借口，可他不信。因为**布拉德**手里没拿笔，所以校长就只给了他一个警告。

我刚想诉苦，这有多么不公平，我根本没有在墙上乱画啊！后来转念一想，不要紧，没什么大不了的，明天大家就全都忘了。

芬奇校长继续说他对我有多失望，一天内被两次记过，让我回家好好反省怎么做那个"懂事"的**费恩**。当老师用"懂事"来形容一个学生时，意思就是**实际上你是个书呆子！**

直到他把我带到校长办公室，才意识到他要给我爸妈打电话了！他问我记不记得我爸妈的电话号码，我给了他一个深深印在我脑海里的号码，他好一会儿才发现他打的是一家名叫老妈比萨店的电话，而不是我老妈的电话！

校长气得破门而出，让他的秘书直接打我家里的电话。他走之前让我仔细想一下我今天的所作所为，我也照做了，我想我今天真的超酷！我终于鼓起勇气做了我一直想做却不敢做的事情，一想到大家明天都会忘记今天的事，满足感简直要爆棚呢！

老妈来接我的时候，她真的**超尴尬、超生气**。她生气是因为我早上吃了 17 碗巧克力脆脆片。她

说再也不会给我买了，以后天天早上只能吃谷物麦片。

到家后，老妈直接让我回自己屋里待着，她还说："如果你觉得我还会带你去演唱会的话，那么你真是想多了！"

耶！太棒了！ 我就知道她早就买票了。现在只要我翻开日记本，稍微动动笔，下周她还会带我去的，真是爱死我的魔法日记了！

 我想要胡斯顿老师忘掉所有关于拼读考试的事情，把三颗星星还给我，还有，让**乔什**忘记我嘲笑他的事情。（虽然，那是一个很搞笑的笑话。）

我想要布彻斯特老师忘掉我音乐课上的表现，让他下节课播放 ✘ **战鹰**的歌。

我想要食堂管理员阿姨忘记食堂发生的食物大战。

 我想要芬奇校长忘记在男卫生间抓到我涂鸦。

 我想要**所有人**都忘记我今天干的"好事"。

我想让老爸老妈都忘记今天发生的一切，履行约定，下周带我去的演唱会。

好啦，今天玩得很愉快，明天又会是新的一天，我真的是太聪明了，**我简直是个天才！**

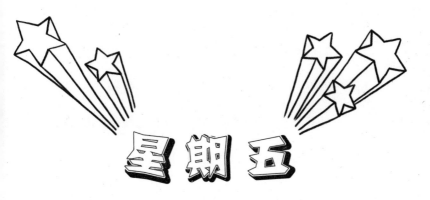

星期五

我根本就不是天才。

我刚下楼就感到气氛不太对，我妹妹正在冲我

幸灾乐祸地笑。

费恩
有小麻烦时
候的笑脸

费恩
踩到狗屎的
笑脸

费恩
打碎花瓶时
的笑脸

费恩
把房子烧了
的笑脸

她笑得嘴都快裂开了，我猜我一定是有大麻烦了。

不可能啊！我不是有魔法日记吗？没有人会记得昨天发生的事，我都给改写了啊！所以一定是因为别的事，是什么事呢？我完全不记得了。做父母的就是这样，总是无缘无故生气。

我决心不再看**爱丽**那张笑开花了的脸。我转身去对老妈说："早上好。"

老妈瞪着我，就像我告诉她我把她的宝贝婚纱用来洗车了一样。老爸把脸藏在报纸后面，支吾了一声。**爱丽**笑得更欢了，我简直摸不到头脑，她都把嘴咧到耳后根了。

老妈看了看我，开始罗列我昨天的一系列"罪行"。我开始有点儿担心了。她一件也没落下。她说得越大声，我觉得越心慌。

我的魔法日记啊，
你怎么不灵了呢？

我边想边给自己倒了一碗麦片，试着换一个话题。

我问老爸这期的《甜言蜜语小破孩儿》漫画讲了什么故事。他翻了一页报纸，又支吾了一声。这回我一定惹大麻烦了，连我的蜘蛛侠内裤都能看出来。

老妈说早饭后她会和老爸针对我的行为讨论一下，然后想出一个"合适的教育法"。谁都知道，这个所谓的"合适的教育法"就是要把我送到外太空去，或者禁足。

一吃完早饭，我就冲出门去，往学校跑。我都快到校门口才意识到，老爸老妈没有忘记昨天发生的事，那么同学们也不会忘记的吧！有那么一瞬间我真想躲到独角兽游乐场，待在那里别回来了。

我猜得没错，芬奇老师正在门口等我呢，他把

我带到办公室让我为昨天的事情道歉，接着，我去了食堂跟阿姨说"对不起"；分别去了布彻斯特老师和胡斯顿老师的办公室，跟他们说"对不起"。有那么一瞬间，我开始觉得我是不是应该改名叫**"对不起·斯宾塞"**了。

没想到这只是开始，芬奇老师给我列了一个"惩罚必做事件"清单，要求我必须利用课间和午餐时间来完成。**真是好极了！** 我整整一堂课都躲在角落里尽量不出声，简直比一只老鼠还要安静，省得再惹麻烦。

第一堂课课间十分钟，我都蹲在卫生间里用力擦洗墙壁，这太不公平了，我根本没有在墙上乱画！如果是在往常，**乔什**都会来帮我的，可是我昨天对他那么刻薄。他看见我提着水桶和抹布时，他就只是看着我，对我做了个**"我早就提醒过你了"**的口型。

谢谢，**乔什**。

像**布拉德**这种酷得不得了的小子才不会过来帮我刷马桶呢。我倒不怪他，他确实邀请过我一起吃饭，对我很友好，而且我忙着捡垃圾也没注意到他。在卫生间收拾垃圾真的会让人完全没有食欲……

当放学的铃声响起时，那个**神奇费恩**已经不复存在了，我现在只是一个**废柴费恩**。

只有**布拉德**一个人觉得我昨天很有范儿。我是说，在我被老师惩罚时，尽管他没有给我任何帮助，不过有他这话就够了，起码他没有像**乔什**那样看我笑话。我的心情糟糕透了，就连我自己也觉得昨天太像一个失败者了。如果我知道今天大家都会清楚地记得昨天的事，我是绝对、绝对不会那么做的。

让我欣慰的是，明天就是周末了。也许下周一，同学们就会忘记的。

我自己走回家，到家时，妹妹**爱丽**还在笑，这

就意味着我还是有麻烦。老爸老妈决定给我禁足**整整一周**。开始，我还很生气，后来一想，反正周末也没人愿意跟我玩儿，所以禁足就禁足吧！

我不明白，我本以为这本日记能帮我改变一些事情，可是并没有。结果适得其反。我竟然相信这日记有魔法，我是有多天真！之前发生的所有事可能根本不是魔法，只是巧合，我早该想到的。**神奇费恩**这种事情根本不会发生在我身上。

不管怎么说，禁足中的我倒是有时间可以练习我的特技表演了。下周五就要比赛了，要想得到一等奖奖品——手机，我就必须好好练习。我希望**乔什**也在练习，不要拖我后腿。说练就练，现在就去后花园！

好吧，这并不是好主意。我在栅栏外做了一个斜坡，我试着骑自行车跨过它，结果摔了。所以，

我就试一试小一点儿的坡吧，比如说花床，事实证明这也不是个好主意，我又摔倒了，这一次摔在了一片花丛中。看来我还需要稍加练习。

正巧老妈路过，看到我把她的花都毁了，她一气之下，就把我的车子锁到车棚里了。完美。没有车我怎么当特技小子啊！

我的生活一团糟。同学们都觉得我是个失败者，老爸老妈把我禁足了，我也赢不了周五的比赛了，我可能再也吃不到巧克力脆脆片了！**破日记！**我干吗要写日记啊！看看它给我惹的麻烦！都说我不是一个爱写日记的人了，我怎么就不听话啊？这日记写什么都不会灵验的，不信你看吧！

我希望老爸的肤色变成绿油油的；老妈掉头发；我妹妹变成一只卷毛狗。哦，还有，**把自行车还我！**

哼，我写的这些明天都能成真？谁会信啊！

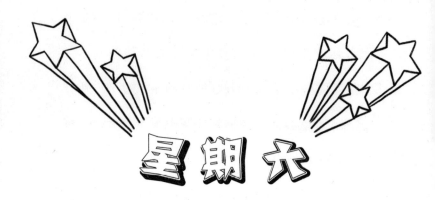

星期六

我说什么来着?

这本日记根本不会魔法!

我的生活没有发生任何变化。老妈并没有掉头发，老爸的肤色还是粉嘟嘟的，我妹妹也没变成一只卷毛狗。最重要的是，我的自行车还可怜兮兮地在院子里锁着，一动也不动。尽管我也不相信魔法，不过内心还是有那么一点儿侥幸，一旦魔法成真了呢?

这本日记给我惹了好多麻烦。当我意识到它只是一本普通的日记本时，我真想直接把它扔到垃圾桶里。可一想到今后它有可能让我成为百万富翁，我决定还是先留着它，直到才艺表演结束。

我下楼，发现老爸老妈还在生我的气，**爱丽**还是笑得跟表演的小丑似的。

爱丽甚至在老爸老妈面前表现得像个乖乖女，这样一对比，即使我什么坏事儿也没干，也会显得格外的不乖，这好不公平啊！况且现在才早上九点。

吃完早餐，**爱丽**主动要求帮忙洗碗，老妈摇摇头，说我才是那个淘气鬼，所以洗碗这种家务活儿应该派给我。太棒了。整个早上，**爱丽**表现得异常乖巧懂事，主动要求做这做那，一看妹妹这样，老妈准会给我找另外一件事来做——**爱丽**一定是故意的！

真想上楼把头蒙到被子里，假装今天什么事儿

也没发生。可是偏偏不巧，今天是奶奶的生日。我得穿上"得体"的衣服去奶奶家参加她的生日宴会。在老妈的字典里，"得体"的意思就是"土里土气"。看吧，我穿得简直就像一个庄园里的管家。

而我妹妹**爱丽**穿得就像动画片里的茉莉公主一样，**而老妈并没有说什么！** 真搞不懂她这套穿着怎么能算得上"得体"！

在我们开车去奶奶家的路上，**爱丽**跟老爸说，她最近表现得特别乖，所以可不可以选一首路上听的音乐。所以我们这一个半小时都在听**小酒窝查理**的专辑。她最喜欢的那首歌《**软软的梦想**》简直难听死了。听了这么多遍，就算我不想会唱也能把歌词熟记于心了。

到奶奶家的时候，我觉得我耳朵都要磨出茧子了。"软软的梦想"这五个字到底是什么意思啊？

什么是"软软的梦想"？

A）一种新糖果

B）一只死刺猬

C）一个特别大的痘痘

好难回答啊！不会三者都是吧！

奶奶邀请了好多人来，后花园里到处都是一起跳老年舞的老年人，简直堪称大场面啊。这些人根本不懂得什么是聚会，好吗！我刚想放上 ✖ 战鹰 的音乐来活跃一下气氛，奶奶不让，结果换上了那首音乐课上布彻斯特老师喜欢的歌——《天堂的阶梯》。说实话，在一个全都是老年人的聚会上放这首《天堂的阶梯》，有点儿不合适吧！很显然，用老妈的

69

话说，我能出来就已经很幸运了，因为我还在禁足期，所以不要挑三拣四了。

老妈给我分配了一个任务，让我给大家发金枪鱼三明治。所以接下来的半个小时，我都在四处转悠"推销"三明治，当然，我不是一个人，身后还被一只可怕的猫鬼鬼祟祟地跟踪着，它叫馋猫胡子先生。

别提了！这是**爱丽**给这猫咪起的名字，奶奶竟然还默许了。最后，我只好把馋猫胡子先生引诱到后院的棚子里，给了他一大堆金枪鱼三明治。

如果你觉得我的工作就到此为止了，那你可就

大错特错了，老妈把我带到厨房，让我把所有的碗都洗了，足足有一百多只。真不公平，**爱丽**什么也没干，还在客人面前跳起了她的茉莉公主的舞步！

大家竟然还很欣赏她的公主舞！

没搞错吧？！

时间就像过了一个世纪那么长，好不容易把碗洗完，结果双手被水泡得就像两个紫红色的李子干。我去花园一看，正好到了游戏环节了。没想到老年人的聚会也流行玩游戏啊？玩的还不是老年人的游戏，像猜猜这是谁的牙、击鼓传拐杖、刮刮胡子这些，而是真的年轻人的游戏，你来比画我来猜。有一部电影叫作《随风而逝》，这都没人猜得出来，为了提醒一下他们，我只好放了个屁，然后溜之大吉。

生日蛋糕上插了好多好多根蜡烛，不仔细看，我还以为蛋糕上着火了呢。吃完蛋糕，就是送礼物时间了。老爸老妈通常会把我和**爱丽**的名字写到礼

71

物卡片上，等所有人都送完礼物，**爱丽**说她还给奶奶准备了个小惊喜——一张自制的生日卡片！我从来就没有见过比这更糟糕的手工礼物。

爱丽在卡片里还写了一首诗。每个人都微笑着听着她兴致勃勃地读起来：

奶奶很美，

奶奶很甜。

奶奶很可爱，

奶奶很和蔼。

奶奶乐开怀，

奶奶笑白白！

这句子都不通顺，而且"笑白白"，这根本就不是一个词好吗！我觉得**爱丽**是听查理的歌听多了吧！如果这个歌手唱的歌都能大火，那么一个六岁的小朋友能自己创造词语也不奇怪了吧！不管怎么

说，大家都在赞美这首诗。**爱丽**真是个烦人精！

正在这时，馋猫胡子先生从棚子里大摇大摆地走到众人面前，"哇"的一口吐出了一堆金枪鱼三明治。幸运的是，没有人怀疑是我干的。不幸的是，我还得清扫这一堆脏东西。

回家的路上，除了又听了一个半小时**小酒窝查理**的歌之外，**爱丽**还在我面前晃了晃一张面值5英镑的纸币，说："因为我精心准备了生日卡片，这是奶奶给我的奖励！"

太不公平了！我干了一天活，都还没有工钱呢！

我还是不够机智啊，就像搞不明白"软软的梦想"是一个什么样的梦想一样。真的有点儿累了，所以我只能来到卧室，翻开日记本。

真希望我也能提前记得奶奶生日，也写一首诗送给她。她也会奖励我5英镑吧。至少我写的诗押韵。

要想写一首奶奶喜欢的诗不会太难。比如说：

我亲爱的奶奶啊！

您的香气发中留，

我爱您的脚趾头，

夜晚您伴我入睡，

白天您再带我飞。

完成！这首诗写得多好，值得每人都奖励我5英镑。现在说这个，太晚了。明年吧，**爱丽**现在小金库又充裕了。并且，相比之下，奶奶更喜欢为她写诗的**爱丽**，我的地位又下降了。我讨厌这样！

星期日

今天早上起床，突然间发现枕边多了一封信和一张 5 英镑纸币。一定是牙仙眷顾我了，或者是我耳朵变成吐钱机器了……难道是我那本魔法日记捣的鬼？

注释：牙仙是西方传说中的小精灵。传说中，小孩子把脱掉的乳齿放在枕头底下，夜晚时牙仙就会出现，并取走放在枕头底下的牙齿，然后把它换成孩子们想要得到的礼物。这一切象征小孩儿将来要换上恒齿，长大成人。

我急忙打开信一看，果然是奶奶写给我的，说谢谢我为她生日专门创作的一首诗！

别误会我，我是很开心得到这5英镑，毕竟能买好多小零食……

可是你和我都心知肚明，我并没有写那首诗，好吧，我写了那首诗，可我只把它写在了日记本上，并没有给奶奶看……

我只是不明白！有时候这日记有魔法，有时候又没有！**这到底是不是一本魔法日记啊！**我真希望它能坚定点儿，别犹犹豫豫、颠三倒四的，就像是患有"三高"的老爷爷在蛋糕店前犹豫要不要买高能量的蛋糕一样。

不管怎么样，我还是先下楼去看看还有什么奇妙的变化吧。**爱丽**还是诡异地微笑着，我的自行车还是被锁着。楼下好像没什么变化。

我想我还是帮助老爸老妈做点儿家务吧，我这

辈子度过的最糟糕的一个周日即将开启。（给我的劳利叔叔通了一整天的下水道都比这要好得多。）

先从洗衣服开始，然后晾衣服，接着又**主动**把老爸的车洗了。说真的，洗车真的太难了，你得提防着邻居家出来散步的狗，因为它总会出来把你当作目标猎物。接着，我又给草坪除了草，把叶子耙成堆。然后把餐具摆好。所有这些都没人强迫我做，都是我自愿的。当一个听话的孩子太难了，难怪大家都爱做熊孩子。

到了晚上，吃完晚餐，我简直太累了，都懒得跟**爱丽**抢电视了。你可能会问，有必要跟自己的妹妹抢电视看吗？太有必要了！因为《**唐可儿公主的魔法城堡**》这部动画片不是不好看，而是太难看了！而且主题曲**简直太难听了**：

糖可儿公主漂亮又善良，

她身上的裙子闪亮亮，

她的城堡宏伟又芳香，

好似一片花的海洋。

这主题曲就像印到了你的脑海里，挥之不去。看了整整六集之后，我决定还是洗洗睡吧。刚想上楼，老妈叫住了我，她说她看到了我一整天的努力，明天可以把自行车还给我了。**完美！**

我开心地哼起了歌，哼着哼着，突然间意识到，我哼的不是✗**战鹰**的歌曲，而是**唐可儿公主**的主题曲！真是够了，难道我会唱那首《**软软的梦想**》还不够吗！瞅瞅我的脑袋瓜子里都装了些什么！我决定改编一下**唐可儿公主**的歌词，完善一下！

唐可儿公主烦人又太傻，

我真想一脚踢飞她，

她城堡的花儿会说话，

里面的聚会真的很差。

我这是在干什么呢，再完美的语句都不能让这

首歌变得更动听。

当我洗漱完毕准备躺下的时候，不经意间看到了桌上的 5 英镑。这本日记一定有猫腻儿，到底是什么呢？我决定梳理一下头绪，搞清楚到底这本日记什么时候能改变事实。

当我这样做的时候，已经改变的事实：

❋ 我想好了对**克劳迪娅**和**布拉德**说的话。

❋ 我希望我复习了数学课。

❋ 我想给奶奶写首诗。

当我这样做的时候，未改变的事实：

❋ 我想让同学们忘记我在学校捣的乱。

❋ 我想把妹妹变成卷毛狗。

❋ 我想把老爸变成绿巨人。

我绞尽脑汁，终于灵光一现，发现了其中的规律。我应该是只能改变我说过的话和做过的事，不能改变别人说过的话和做过的事。

这是我的日记，所以只能改变我的行为，合情合理。

如果我的猜测是对的，那上一次我写下的愿望都是在期望别人怎么做，相反，我应该写成我自己应该怎么做，所以——

我，**费恩·斯宾塞**，以后绝对不要在墙上乱写乱画了。

我，**费恩·斯宾塞**，以后绝对不要在课上捣乱了。

我，**费恩·斯宾塞**，以后绝对不能再挑起食物大战了。

我，**费恩·斯宾塞**，以后绝对不能穿骑行服去上学了。

我，**费恩·斯宾塞**，以后绝对不能欺负**乔什**了，尽管有时候他太好欺负了。

上周五，我，**费恩·斯宾塞**，应该是学校里表现最乖的学生！

好啦！ 我要睡了。这本日记到底有没有魔法，让我们拭目以待吧！如果明天这些没有成真，我肯定会狠狠地给自己一拳的！

星期一

还记得昨天我说要给自己一拳吗？你可别当真，我开玩笑的！因为老爸老妈依然记得上周发生的事。老实说，这挺好的，因为不用再小心翼翼的了，

像往常一样绞尽脑汁回想我到底又惹什么祸了，真的，之前就发生过类似的情况，我都怀疑是我做梦的时候又调皮了。

不管怎么说，魔法日记没有奏效。一直坚信魔法的我，简直

比一只穿着轮滑鞋的鱼还要蠢。

魔法可能比我想象的要复杂。但是也有好事情发生，老妈把自行车从棚子里推出来，兴奋这个词已经无法形容我的心情了。

因为我正好需要用自行车，我和**乔什**约好放学后在操场上练习我们的特技表演。希望我精湛的技巧能影响到他。

老妈挑起一只眉毛说，还给我自行车并不代表彻底原谅了我，如果我这周继续好好表现的话，她就会考虑带我去 ✗ **战鹰**的演唱会。

一箭双雕！ 机会来了，老爸老妈肯定买了✗ **战鹰**的票，我兴奋得想要亲亲他们，然而我并没有，只是想想而已。

我顿时心情大好，甚至对老爸正在看的漫画都饶有兴趣。漫画书上有一只特别特别长的腊肠狗，正在街上大摇大摆地走，还有那个流着鼻涕的小孩

儿。我指了指那只狗说："天哪，老爸，这只狗肯定是吃了好多好多腊肠才会变得这么长！"

我哈哈大笑起来，可能笑得有点儿太大声了。老爸像看一个小傻子一样看着我说："你这笑话并没有那么好笑，好吗？"

噢，拜托！我知道没那么搞笑！根本没有什么太搞笑的事儿！五年了，老爸老妈每天早上都会被芝麻大的小事儿逗得哈哈大笑，根本停不下来。大人们也太难讨好了吧？真搞不懂他们的世界。

✗ 战鹰演唱会的广告传单还在那里，只是不同的是，被写上了**"售空"**的标语。

还好老妈已经准备好票了，只要我这周好好表现，不再闯祸，他们就会带我去的！

学校里，我把自行车锁在车棚里，然后去教室找**乔什**，提醒他晚上的约定，他对我竖起了大拇指，从座位后面掏出了一把吉他，说他又有了一个好主

意，他妹妹**梅根**会吹大号，如果把她加入到我们的表演中，那就再好不过了！

　　简直不敢相信我的耳朵。吹大号和当明星根本就是两码事儿！真的，无论你弹得多好，大号听起来就像放屁一样。有时候**乔什**真的什么都不懂。不对，不对，擦掉重写，**乔什**一直什么都不懂，有我帮助他，他真的很走运呢！

　　我告诉他，想都不要想，**梅根**和她那把大号无论如何都不能出现在我的才艺表演上，**乔什**咕哝道："这又不是你一个人的表演，是我们的。"他说的不无道理，但是参加才艺表演是我的主意。我让**乔什**发誓不让**梅根**参与进来。我完全可以找一个更好的小伙伴！

　　就在这时，上课铃声响起来了。

　　除了**乔什**这件事，其他一切都很顺利。上周的道歉看来还是很有效果的。约翰逊老师对我说："新

的一周，新的开始。"这八字箴言她只对**布拉德·拉德利**说过。我也承诺一定好好学习，不再惹祸了。她点点头说："期待你的表现。"言外之意就是："如果你再惹我生气，看我怎么削你！"。我刚坐下，她又说：

那个以前的乖乖的费恩回来了，真好！

全班同学哄堂大笑，拜托，我一个男孩子，叫我"乖乖"……我好尴尬，脸"唰"地一下全红了，红得跟猴屁股一样。

放学后，我和**乔什**相约在车棚见面。**梅根**也来了，因为**乔什**一直是我的小助理，所以我让他把两块砖头和木板搬到操场中间，这样方便我练习。

其实，我想让**梅根**躺到木板上，然后我骑自行车跨过去。她拒绝了我。当我说她可以在我的才艺

表演上吹像放屁一样难听的大号，她一屁股坐在她那个巨型乐器旁边，生着闷气。**乔什**拿出吉他背在肩上。我正在给自己打气，**乔什**就开始弹起来。我瞅他一眼，他停下了。我刚要准备开始，**乔什**又开始弹了，难听得让人窒息，就像一只被渔网卡住的八爪鱼的惨叫一样。我尽量屏蔽这声音，可是**乔什**又开始模仿起"摇滚巨星"招牌动作了，一会儿腾空跳起，一会儿双膝跪地……

我被他的姿势震惊到了，一时忘记了我的动作，一头撞在树上。**乔什**问我"撞树"这个动作是不是精心设计好的。**当然不是啊！** 他本应该是给我伴奏

的。伴奏用不着这些酷炫的摇滚动作吧。他只需要站在后面弹着吉他，让我这个真正的明星表演就好了啊！

准备再来一次的时候，**乔什**问我怎么分奖品。他的手机坏掉了，正好需要一个新的。我觉得是我在冒着生命危险表演，所以手机应该归我。奖杯可以归他。**乔什**不是很高兴，他说他也在冒着危险，因为我有可能撞到他。我解释说："只要你像一个正常吉他手一样，待在一个地方不动，我就不会撞到你。"他不听，依然觉得奖品应该均分。

一部手机怎么均分啊？

乔什有时候反应挺慢的。我告诉他我们再商量吧。（意思就是手机归我！）

然后，第二轮的尝试开始了。我刚要骑过木板，就听到不知从哪儿冒出的 **"啪"** 的一声！原来是木板断裂了，这可吓坏我了，所以我又撞到了

树上。当我起身时，**乔什**妹妹——**梅根**正拿着她的大号嘲笑我。她跟**乔什**一样烦人。我生气，说今天先不练了，回家去了。

幸亏有我，**乔什**才能参加这个才艺表演，他现在还想跟我分奖品。我可是在冒着生命和失去一条腿的危险表演啊！真想告诉他，我不想和他一起表演了，他只是给我伴奏的，谁都可以给我伴奏。还想拿走我的奖品，想都不要想！**乔什**应该听我的，我才是明星呢！

真希望明天我撞到树之前，先敲一敲他的榆木脑袋！

星期二

今天没有安排什么特别的计划。一到学校我就发现**乔什**站在储物柜前，看都不看我一眼。我从他脸上的表情断定，他不高兴了。要知道**乔什**一般不会把心情写在脸上，所以很少能看见他生气的样子。他生气的时候，鼻子一嗅一嗅，就像在闻胡萝卜的兔子一样。要不是我是他的死党，我也很难发现他这细微的表情。

没过多久，我就发现原因了。一定是我那本日记捣的鬼。我昨天写下来的话一定是成真了。所以，

他一定是听到我说我才是明星，他应该听我的，奖品也应该归我。不过，**我说的都是事实啊**，日记本替我跟他说了，所以我就不用当面告诉他我内心的想法了。如果没有日记本，我想我根本不会跟他说这些的。

显然，**乔什**觉得我变了，变成一个苛刻、爱颐指气使的人。我这叫认真好吗？**乔什**决定独自参赛来赢取奖品……所以我们也不是搭档了。说实话，我还是舒了一口气的。因为他真的太拖我后腿了。他想要赢比赛？**别开国际玩笑了！**他自己能表演什么？**跳小丑舞吗？**他根本不可能赢我。

当我去选课登记的时候，**布拉德·拉德利**看到了这一切，他觉得**乔什**错过了一个当明星的好机会。**布拉德**说我的车技表演根本不需要加入任何配角，他觉得我的表演会超级棒，**布拉德**永远都是对的，真后悔以前没有多听一听他的话。老师真不该总批

91

评他，反而应该给他颁发一个奖牌。要批评就应该批评——**乔什·道尔**。

布拉德这次主动要求加入我的车技表演中，替换**乔什**的角色。他说能加入到我的表演中是他的荣幸，他保证只待在角落里弹吉他就好了。而且，他说因为他有手机了，所以那部手机完全可以给我。

简直太棒了！有**布拉德**的加入，我根本不可能输！我们相约好放学之后就练习！

整个上午，**乔什**都对我不理不睬的，还真是幼稚。那我也不理他！

午休过后，是艺术课。我们之前的六节课一直在尝试在一堆黏土中做出花瓶来。我们得先设计花瓶样子，把黏土放到模型里，然后把这些放到窑炉里定型。这节课，终于只剩最后一步了，装饰花瓶。**克劳迪娅·兰森**的花瓶简直太漂亮了。我的稍逊一筹，但是至少比**乔什**的好看些，他的看起来就像一只病

92

克劳迪娅的花瓶

费恩的花瓶

乔什的花瓶

快快的小狗拉的便便。

不管怎么说，艺术课是我最喜欢上的课，因为我们的艺术课老师——斯基芬顿老师允许我们在课上讲话。我的桌子在**克劳迪娅**的正前方。同学们都在忙着装饰手里的花瓶（或者是便便，像**乔什**手里的那样）。我和**布拉德**开心地聊起了我们的才艺表演。**布拉德**好奇**乔什**自己会表演什么，我笑了笑说，他可能会自己跳呆瓜舞。**布拉德**不明白呆瓜舞是什么，其实我也说不清楚，所以我决定示范给他看！我先扭扭屁股，再甩甩胳膊，就像一只在跳街舞的乌鸦。

我越跳越欢，就往后退了一步，这样有更大的空间利于我发挥，没想到一不小心撞到了**克劳迪娅**的桌子。她的花瓶开始摇晃。一切都像我不应该看的恐怖电影里的慢动作一样。

　　开始，我觉得一切还在我的控制范围之内，但是我错了。**克劳迪娅**的花瓶正在往下掉落。我跳起来想接住它，但是我不但没接住，反而还碰到了旁边的桌子，她同桌的花瓶也飞了起来。

　　等我回过神来，遍地都是花瓶的碎片，**克劳迪娅**目瞪口呆地看着我，就像我刚踩到了一只可爱小狗一样。我想把我的花瓶给她，作为补偿，可是她根本不想要我的花瓶。

　　斯基芬顿老师递给我一个扫帚和簸箕，让我把地上的残渣打扫一下。当我把垃圾倒进垃圾箱里的时候，老师宣布从现在开始，谁都不许讲话了，都专心装饰自己的花瓶，省得再打碎了。好吧，这下

全班同学都开始恨我了。

有一件事是肯定的，**克劳迪娅**肯定再也不会把我当成**神奇费恩**了。

至少有一件事还是很让我欣慰的，**布拉德**的吉他弹得不知道要比**乔什**好多少倍。我也没再撞到树上，**布拉德**也站在我身后，配合我打着节拍，高喊着"**费恩**，**费恩**，我们的**神奇费恩**"，一点儿也没抢我风头。当我做出炫酷的动作时——其实我所有的动作都很炫酷，他竟然拿出手机给我录视频，用来回看检查我有没有什么不完美的地方——**其实根本没有！**

这次的练习非常成功，我真后悔怎么没早点儿和**布拉德**成为好朋友。我和他约好明天晚上来我家继续练习。

今天发生的唯一一件糟糕的事情就是我打碎了花瓶。我也不想这样。如果我搞明白了怎么利用这

本魔法日记，我还有可能弥补这件事，可是我并没有搞明白。这日记的魔法真让人摸不着头脑。它能改变我说的话和做的事情，可是当我上周写下我希望没做那些事的时候，魔法并没有发挥作用……我今晚还得仔仔细细研究一下这本日记，试着破解一下其中的奥秘，毕竟，**克劳迪娅**对我的看法还是很重要的。

好吧，也许没那么重要。

两个小时过去了，我想我理出来一点儿思路了，这本日记只能改变当天发生的事情，所以三天后再想改变一些事情，肯定是不好使了。

如果我的推理是对的，那么以下这些就是——

费恩·斯宾塞的

魔法日记守则

1. 日记能改变我说过的话和做过的事。

2. 日记能改变当天我希望说过的话和发生的事。

3. 日记是给书呆子用的，但我这本魔法日记除外。

所以，今天发生的事情还能有些挽回的余地。

我的宝贝日记啊，我不应该在艺术课上表演我的呆瓜舞步。如果我没张牙舞爪的话，我就不会打碎**克劳迪娅**的花瓶，她也就不会不理我，也就不会把我看成是一名花瓶杀手。

宝贝日记，我的未来就靠你了，**你要加油啊！**

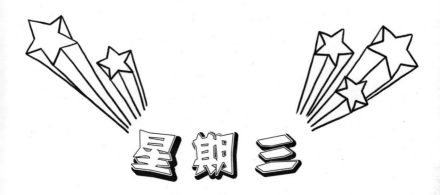

星期三

今天早上，为了能尽早验证我的魔法日记守则是不是有效，我没吃早餐直接就去上学了。老实说，我并不是很喜欢吃家里的早餐，那谷物麦片吃起来简直就是味同嚼蜡。到了学校，我比大部分同学来得都早。

我得先去看看**克劳迪娅**的花瓶是不是神奇地复原了。如果没有的话，她肯定觉得我是一个讨人厌的粉碎机，而且还会大声地说三遍。

当我走进艺术教室，我简直不敢相信自己的眼

睛！你猜我看到什么了？她的花瓶完好无损地立在架子上，所有的花瓶都完好无损。我的魔法日记终于灵验了！我拿起**克劳迪娅**的花瓶，想检查一下是不是有裂痕——简直完美无瑕！放回它之前，我激动地献给它一个吻。

刚放下花瓶，我发现斯基芬顿老师异样的眼光远远地从对面的办公室投射过来。好吧，她一定认为我脑子坏掉了。

没关系，重要的是花瓶没事。**克劳迪娅**不会再为花瓶的事生气了。所以，我的**神奇费恩**形象又回归了！

头一遭感觉上学的日子正常一点儿了。**乔什**还是不理我，生闷气呢，真是孩子气！还好我有**布拉德**和我一起玩儿。

放学回家时，**爱丽**正朝我微笑呢。你也知道，**爱丽**的微笑只意味着一件事，我惹大麻烦了。我开

始有一点点担心，不知道又闯什么祸了，可是根本想不出来。

还好我的担心是多余的，就这么一次，**爱丽**的笑跟我没关系。她微笑是因为她的好朋友们，克洛伊和保时捷来留宿过夜。

注释：留宿（sleepover）是指西方小孩子们特有的一种聚会活动，每逢周末一些小朋友就会到某人家玩耍并过夜。

奇怪，没到周末就来过夜？ 原来她们明天不上学，因为幼儿园老师们要去培训。不是你想象的那种培训，而是蹦来蹦去，涂色画画那种。话说回来，谁会给自己的女儿起"保时捷"这种名字啊？难道她老爸管自己的车叫"丽贝卡"？

我刚要回自己的卧室玩儿体感游戏，老妈把我拦住了。她说老爸今晚要加班，而她要去超市买番

茄酱，所以得需要我帮忙照看一下我妹妹她们。真不敢相信，谁都知道"加班"只是老爸的借口，跟他的同事们聚会才是真的呢！

我刚想给自己找个借口，没想到一眼就被老妈识破了。

"我想你不是要找个借口推脱，然后去卧室玩儿体感游戏吧，"她说，"我相信你能做到的！我只出去一会儿就回来，回来之前好好照看你妹妹她们！"

我准备开小差，去玩儿我的体感游戏，结果再一次被老妈识破。她说如果我想玩儿我可以玩儿（我也确实想玩儿），但是，如果我想去周六的演唱会的话（我也确实想去），我就应该乖乖听话，照看妹妹和她的小伙伴们。

真不敢相信，我被自己的亲妈威胁到了！

我别无选择，所以我只好去看看这三只小猪在

102

干什么。结果比我想象的还要糟。我还没进屋，就听见她们的叫喊声。她们正拿着梳子当话筒，扯着嗓子唱《**软软的梦想**》。说真的，住在月亮上的仙女都能听见她们唱歌。

当**爱丽**看见我的时候，她也递给我一把梳子，想让我加入她们！别做梦了！老妈交给我的任务中可没有这一项。我刚要拒绝，就看到老妈站在门口说她要出发了，看见我和妹妹们"一起唱歌"，说我真像个贴心的哥哥。老妈的言外之意就是"赶紧拿起梳子唱，不然我就撕掉你的演唱会门票"！所以我只好乖乖地听话了。

这真的是我这辈子最糟糕、最糟糕的一刻了。

希望周六的演唱会是值得的。

她们终于唱完了，我赶紧把话筒——哦，不对，是梳子——扔到床上。**爱丽**冲我笑了笑，让我再唱

103

一遍！**别闹了！** 我才不要唱第二遍！我才不要让自己喜欢上这首歌呢！可是我要是不唱，**爱丽**肯定又要到老妈那儿告状，那我就惨了。我没得选，只好捡起梳子。

有时候，我真烦**爱丽**。不对，不对，划掉重写，我**一直**都很烦**爱丽**。

就在我第二遍快要唱完时，**爱丽**关掉音乐，说布娃娃野餐时间到了。为了不让我太孤单，她递给我一个娃娃——毛茸茸的希腊女神珀涅罗珀。然后，她拉着我的手，把我领到后花园。

这个娃娃**太吓人**了。我还记得**爱丽**小时候，经常抱着她，咬她的鼻子，导致现在怪吓人的，就像恐怖片里的洋娃娃一样。

其实，野餐也有好的一面，老妈给她们留下了一些蛋糕和好吃的。我可以随心所欲敞开了吃，这要是平时，老妈就允许我吃一块，可这次是娃娃野餐啊，我可以随便吃，然后就说是娃娃们吃的，我真是太聪明了。

我吃得很是得意，抹了八次嘴角的果酱，**爱丽**和他的小伙伴们正呆呆地看着我，说我化妆的样子也应该挺搞笑的。我一口蛋糕喷了出来，正正好好喷在希腊女神珀涅罗珀的脸上——对她来说这也许是一种整容。我拼命摇头，我可以答应**爱丽**任何事，不对，等下，我什么也不想为她做，但是，我愿意为了我的 **✕战鹰**演唱会做任何事情。所以我选择默默地闭上眼睛，跟我帅帅的面孔说再见。（这一点

105

真的好难。）

等他们折腾完了，法拉利，不对，是保时捷，递给我一个镜子。镜子里是一个刚从爆炸了的化妆品店走出来的人。

爱丽觉得我像极了**小酒窝查理**。说的也对，他长得本来就挺难看的。

接着，她递给我那把用来给我梳头发的梳子，让我接着唱《**软软的梦想**》。反正现在的我毫无形象可言，索性就豁出去了，假装激情四射地演唱着。不巧正在这时，**布拉德·拉德利**突然出现了，怔怔地看我"投入"地拿着一把梳子唱着小女孩儿的歌曲。

糟了！

糟糕透了！

我忘了他晚上要来练习车技的事儿了。他怔怔

地看着我，仿佛就在看一个怪物一样。不经意间，他手里举着的电话，让我不寒而栗。他不会给我拍照了吧！

我冲过去，要求看他手机，但是**布拉德**迅速地放回口袋里，并发誓没偷拍我。我松了口气（把油腻腻的唇彩喷到希腊女神珀涅罗珀的脸上。又给她整了一次容）。

我把脸上的妆都擦干净了，**爱丽**、克洛伊和斯柯达想要看我们练习车技。**布拉德**拿出吉他，我准备好斜坡。今天我不准备跨障碍物，我只想练习一下出发动作和落地动作。

我准备就绪，**布拉德**开始演奏了。**爱丽**、克洛伊和尼桑用崇拜的眼神看着我们，表演很顺利，那些娃娃们仿佛也惊呆了。（除了希腊女神珀涅罗珀，她的表情和平常一样恐怖。）

布拉德突发奇想，建议我们用娃娃作为障碍物，

再表演一次。我觉得这主意棒极了，可是那个叫保时捷的女孩子不是很赞同，担心把她的娃娃弄脏了。谁会听一个用车名做名字的孩子的话呢？我们把娃娃们在斜坡前排成一排。

完美！**布拉德**边唱边抖动着右腿打着节拍，像个摇滚歌手一样。可是当我刚骑上斜坡，只听

"咔嚓"

一声巨响。斜板竟然断了，我的自行车直冲那排娃娃的脑袋瓜儿，保时捷"哇"的一声，大哭起来，我觉得她的哭声真的像一辆鸣笛的汽车！这也许就是她为什么叫保时捷的原因吧！

爱丽冲我大叫起来，因为她的希腊女神彻底坏掉了，其实我觉得她这样子也算是彻底整容了。

然后，**爱丽**也开始哭了，克洛伊也在酝酿。老

妈正巧这时候回来了。当她看见哭哭啼啼的孩子们，瞅了一眼被"残害"的娃娃们，震惊地松开了手里拎着的番茄酱。她明显是生气了。**布拉德**回家了，我成了罪魁祸首。

克洛伊和保时捷也想回家了，老妈不得不开车送她们回去。当她摔门而去的一瞬间，我就知道**爱丽**这次聚会被毁了，我的演唱会也去不成了。

真是不公平，老爸老妈为什么只记得你做错的一件事，而不记得做对的 N 件事呢？斜坡坏了又不是我的错，本不该用娃娃们当障碍物的。在这之前一切都很顺利。如果要不是出现了这个失误，我就能顺利地参加 **✗ 战鹰**的演唱会了。不过还好，我有妙招来补救。

亲爱的日记本啊，我不应该用娃娃当作障碍物。如果你能改变一下这个事实，我会爱你一辈子的！

星期四

今天早上下楼，老爸、老妈、**爱丽**都在冲我笑，克洛伊和保时捷也在那儿微笑着。每个人都笑盈盈的，这很不妙，因为通常情况下，这意味着我又闯大祸了！可是这次例外，他们笑是因为他们对我很满意！好吧，原来这样也可以，显然，我——**费恩·斯宾塞**昨天扮演了一个模范儿子、模范哥哥、逗妹妹笑的小丑的角色。

餐桌上唯一一个没笑的人是那位希腊女神，然后我意识到克洛伊和保时捷昨晚其实没回家，那么

也就是说昨天的聚会成功了。**太谢谢你了，我的魔法日记。**

老妈还以为我表现这么好是吃了她的谷物麦片的原因。他们真是无知啊！我的表现完完全全取决于两样东西，好吗？讨好某人和魔法日记！

去上学之前，我忍不住问老爸，昨晚一起聚餐的叔叔们都好吗？他想也没想就回了我一句："挺好的，谢谢关心！"

被我逮了个正着吧！他昨天根本没去加班。你不知道，当老爸看见老妈的表情时，我敢打赌他也多么希望有一本魔法日记啊！老妈让我们所有人回避一下，除了老爸，意思就是**"你们让开，你老爸要挨训了"**！

我有一点儿同情老爸，可是转念一想，他又没对着一把梳子唱小女孩儿的歌曲，他又没被化了个超级难看的妆，被老妈训一顿又能怎么样呢？

我面带微笑走进校门。明天我就要和**布拉德**一起比赛了，然后我会拿着自己的奖品——一部手机去参加周六的 **✘ 战鹰**演唱会。我现在要做的就是保持低调，等待周末的到来。

可我刚走进走廊，所有人都开始冲我大笑。我检查一下自己，我并没有不小心把裤腿塞到袜子里啊——虽然之前发生过这种情况。这次一定是因为别的事情。我看见**布拉德·拉德利**站在我的储物柜前，他一定知道大家为什么笑我。

布拉德正冲我微笑。笑得并不友善，反而像鲨鱼在吃掉你之前，冲着你露出一排闪亮亮的尖牙齿的那种微笑。

布拉德真的知道大家为什么笑我。他按了一下手机按钮，一个视频开始播放。当我看明白视频里的内容，我真想钻进地缝里，永远都不出来。

视频里的主人公就是我，脸上是惨不忍睹的妆

容，卖力地大唱《软软的梦想》。**布拉德**究竟在捣什么鬼？我还以为他是我朋友！而且他昨晚明明发誓没有拍任何照片。

我质问他，他说："我确实没有拍照啊，你又没说录视频不可以。"

当务之急，我需要抢过手机，然后把它摔成碎片。我刚上前一步，**布拉德**把手机举过头顶，我够不到。当我像一只在跳踢踏舞的蚂蚁一样蹦来蹦去时，**乔什**走了过来，晃了晃他的手机，里面正是我要销毁的视频，说：

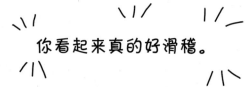

你看起来真的好滑稽。

我说我想钻进地缝里去，是真心的。我不明白，**乔什**怎么也有这个视频？**布拉德**冲我眨眼一笑，说："班级里所有的同学都有。"原来他就轻轻地一按群发键，他手机通讯录里所有的人都收到了。

他为什么要这么做？我可是拿他当作好朋友的。

我问他，他冲我摇摇头，说他才不会跟我这样的呆瓜做好朋友。很显然，他是假装跟我走得很近，为了等我出糗时他能第一个知道。他说他这样做是为了扳回一局，因为他上周也出糗了。**布拉德**知道我早晚都会出糗，只是没想到会这么糗！所有人都看过我唱歌的视频了，就算有人没看到，估计很快就能了。真不该相信**布拉德·拉德利**。

我这脑子到底是哪里坏掉了？

这一天真的好漫长，课间休息和午休我都在卫生间里躲着。我以为我躲过了所有人，没想到在放学的路上遇到了**克劳迪娅**。她冲我笑笑然后就转过头跟她的朋友们窃窃私语。

真的好极了！连她也觉得我是个**呆瓜**了！

　　我知道我该怎么做了，我应该休学，然后逃到布鲁托星球上去。

　　我回家就把自己关在房间，因为我没法儿面对老爸老妈和**爱丽**，我得赶紧写日记，让所有人在看到我明天的特技表演的时候，忘记这个视频……

　　但是我写着写着，突然间想到，**布拉德**不会跟我一起表演了，我也不是就非他不可了，我还可以

去找**乔什**，但是**乔什**一定会对我冷嘲热讽的。

我得出去冷静一下，得先想办法挽救一下我的才艺表演。

我回来了，感觉好多了，因为不管有没有**布拉德**或者**乔什**的帮助，我的表演都不会太差，虽然我没有真人伴奏，可是我可以放一首 ✗ **战鹰**的背景音乐啊。我问**爱丽**愿不愿意看我练习，她正看她的动画片，不愿意挪一下屁股。

入睡之前，我在想怎么把我的魔法日记利用起来，如果昨天**布拉德**没来我家就好了，他就不会录下这么尴尬的视频了……可是我想起来魔法日记的守则：我只能改变自己的所作所为，而无法改变**布拉德**的做法。而且只能改变当天发生的事情，那已经是昨天的事了。那我就改变今天的事好了，我本可以理直气壮地对**布拉德**说，我在哄我妹妹开心，这是当哥哥应该做的，况且，私下里偷拍别人是很不道德的行为，他这样做会没朋友的。

亲爱的日记本啊，我希望今天能当着**布拉德**的面说这些话，在这里写出来要比当着他面说出来容易多了。

希望这次魔法能奏效，这日记本太喜欢和我开玩笑了。

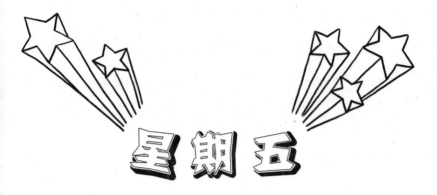

星期五

今天才艺表演正式开始。今天我会成为全球最火的自行车特技男孩儿——一颗闪闪的巨星！今天真的不能出现丝毫状况。可我错了，刚吃一口谷物麦片，老爸把报纸一摔，给了我一个奇怪的眼神，我就知道这又将是不寻常的一天啊。这么看着我，是我脸上有个火山还是怎么着？

我刚想起身照一照镜子，老爸指了指我，然后又指了指报纸，然后结结巴巴不知道说了些什么。起初，我好害怕，不会是我的视频火速传播，上了

119

报纸头条吧?

还好不是，他指向《**甜言蜜语小破孩儿**》那个漫画版块。我凑近一看，又是那个流鼻涕的小孩儿，不过这次他在漫画里念着一首诗。我真同情他。可是再看那诗，这不是我写给奶奶的那首诗吗? 好吧，在日记里写给奶奶的那首。

奶奶啊!

您的香气发中留，

我爱您的脚趾头，

夜晚您伴我入睡，

白天您再带我飞。

奶奶是一个诗迷，所以她把这首诗寄给了报社，然后他们就**连带着我的名字**一起发表了! 老妈为我骄傲，**爱丽**用嫉妒的小眼神儿看着我，倒是老爸对我深表同情。

我知道同学们如果看到这首诗，我肯定会成为接下来几天的笑柄。我只好安慰我自己，《**甜言蜜语小破孩儿**》，这么幼稚的漫画版块谁会去看呢？

结果所有人都看到了，因为**布拉德**把那一块报纸剪了下来，然后粘贴到我的储物柜上。很显然，我昨天对他说的话，让他恨透我了——日记本啊日记本，你还真是神奇啊！我一把扯掉报纸扔到马桶里，可惜太晚了。每个人看见我都说："好爱好爱你的脚趾头啊！"5英镑真的不值啊！

还好，大家很快就把这事儿忘了，因为大家都在为晚上的才艺表演跃跃欲试。我一定要赢，改变大家对我的印象。到时候，我就可以自豪地拿着我赢来的电话，然后把我的通讯录加得满满的。

才艺表演在学校的大厅举办，老爸老妈带着**爱丽**也来观看。**爱丽**穿着她那件茉莉公主的裙子，好多人都凑过来说："她好可爱啊！"我真的好不理解。

我才是那个冒着生命危险比赛的人，而你们的注意力却在我妹妹的公主裙上？

我带来了我的旧鱼缸，装满水，然后给我的鲨鱼上了弦。一切都准备就绪，我刚准备出发去后台，老爸突然出现了，摸摸我的头，说："发挥出最好的水平。"意思就是**"不拿第一就别回家了"**。

看了第一个出场的表演，我知道我根本不用担心，彼得·比肖普表演杂技——顶碗，一共四个碗，摔碎了三个，还有一个砸到了芬奇老师的脚趾头。奥莉薇·桑德森拿着一个布偶娃娃表演口技，可是她的头一直掉了又掉，坐在前排的小孩子都被吓哭了。（我说的是木偶娃娃的头，不是奥莉薇的头，要是奥莉薇的头，那表演才叫一绝呢！）接下来轮到帕迪·霍根上场了，他用自己的腋窝发出声音，唱国歌。还好，他被拽下台，不然肯定会被安上"叛国"的罪名的。

看到这些，我仿佛已经感觉到那部手机就在包里，我的包里！

间歇过后，轮到我出场了，我把斜坡放好。然后带上运动装备，推出自行车，站到舞台中央，向大家问好。

"女士们，先生们，男孩儿们，女孩儿们！下面的表演请勿在家里模仿！"我喊道，"我，**神奇费恩——费恩·斯宾塞**，又名酷骑小子——将跳过这个鲨鱼缸！"

话音刚落，所有人都深吸了一口气。当我揭开我的鱼缸，里面露出玩具鲨鱼时，台下哄笑声一片。太好了，一切都在我的掌控之中。我冲控制音效的芬奇老师轻微地点点头，**✕ 战鹰**的音乐顿时响起，我在台上看到台下的布彻斯特老师把手指塞进耳朵。不会吧！身为音乐老师怎么能不懂得欣赏 **✕ 战鹰**。

我尽量不让这一幕影响到我，准备开始我的表演。

到目前为止，我还没有全套练习过呢，上一次我想跨越障碍物，我撞到了一堆娃娃。但是现在好多人都在看着我，这种万众瞩目的气氛一下子让我信心爆棚。我一眼就瞥见台下的老爸老妈和**爱丽**，

他们正在目不转睛地看着我。**爱丽**的公主裙让他们格外地显眼。

接下来，时间仿佛变慢了，我看见**克劳迪娅**一动不动地看着我。我骑过斜坡，然后腾空而起，跟练习时一样，一切都按计划进行！

我飞过鲨鱼缸，完美地着陆！**太精彩了！**

我边下台边和我的粉丝们招手，想想那个势在必得的手机，我就开心！

接下来的表演对我构不成威胁，因为最后一个出场的是**乔什·道尔**。比赛的前几天，他才决定参演，所以老师们把他的节目放在了最后，真的迫不及待想看他的节目，一定差得不能再差了！

他走向舞台中央冲站在舞台侧厅的妹妹招招手，看着她妹妹拿着大号上台，我不厚道地笑了。

"**梅根**和我将要表演一个二重奏！"**乔什**说。

台下观众一片嘘声。

"这是一首关于这所学校的歌！"

真不敢相信自己的耳朵，**乔什**真的要在全校同学面前唱赞美学校的歌？还配着大号伴奏？

我的学校神采奕奕！

我的学校宽广辽阔！

我的学校百里挑一！

我的学校生机勃勃！

我憋不住笑出了声，但是渐渐发现根本没有人笑，因为**乔什**的声音真的太好听了！我环顾四周，所有的同学，包括**克劳迪娅**都在微笑着跟着节拍摇摆起来。约翰逊老师也在打着节拍，我的亲妈竟然擦了擦眼泪。

这些人都怎么了？

然后，**乔什**的妹妹放下大号，开始打起了电子鼓，谁知道她还会玩儿这个！**乔什**开始说唱表演。

和蔼的布彻斯特先生教我音乐，

敬业的皮带扣先生让我爱上体育，

约翰逊先生帮我把数学的烦恼除去，

尊敬的校长芬奇先生，让我们的校园一片碧绿。

当然，我们学校的优秀离不开台下的每一个你！

接着，**乔什**指着观众台下的所有人。他们貌似很吃这一套。**梅根**又吹起大号，**乔什**又唱了一遍主歌部分。观众们纷纷站起来，鼓掌鼓得就像水族馆里的海狮！

我有点儿担心。**乔什**给所有人唱了一首歌，然后告诉他们，他们是最棒的。但我冒着生命危险在台上演出，所以我会赢的，对吧？观众应该不会对一首歌颂学校的破歌感兴趣的，对吧？

结果他们还真喜欢！所有裁判中有四位都被写

到歌词里，我的天哪！芬奇老师站在台上宣布冠军得主——**乔什·道尔和梅根·道尔**。**乔什**赢得了手机，芬奇老师说**乔什**的歌曲"是原创的，简单而且动听"。我理解就是"阿谀奉承，多愁善感，难听死了"。然后芬奇老师又说："看见两兄妹能这么和谐地相处，实属不易呢！"台下笑成一片，我对这个说法嗤之以鼻。

乔什拿着手机，朝我得意一笑，仿佛在说："我早就说过吧！"

接着，他把手机高举到头顶，所有人都能看到。哼，**赤裸裸的炫耀！**

回家的路上，老妈一直对我说："别那么气鼓鼓的。"意思就是"**乔什**本来就很出色"。我才不买账呢！我为了那个电话努力了好久，我不会就这么放弃的！我再一次翻开了日记本。

如果裁判们认为一首歌颂学校的歌曲会比一个

极度危险的特技表演要好，那么我也应该这么做，我也应该带上我妹妹**爱丽**，她可以给我伴舞，还很可爱，应该符合他们的审美！

亲爱的日记，听见了吗？

我今天不应该表演特技骑行，我也应该像**乔什**那样写一首关于学校的歌，比**乔什**的还要好。像这样：

学校学校，我爱你，

就像老鼠爱大米。

我的老师们这么和蔼，

没有人比你们更可爱。

我喜欢数学、艺术，

我喜欢音乐和法语，

我爱我的教室，

爱我的食堂。

学校的食堂太美味，

可是美好的时刻好短暂，

芬奇老师，布彻斯特老师，

皮带扣老师，我爱你们！

够煽情了吧？

我今天本应该早点儿起来练习的，比赛之前多
练几次，做到比**小酒窝查理**还要好——这不会很难
吧！我应该早点儿把**爱丽**叫起来，然后让她练习跳
舞，再然后那部手机就是我的了！

好了，该洗洗睡了，但愿这次魔法也能奏效啊！

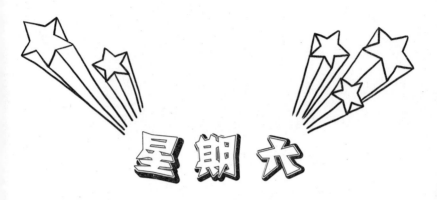

星期六

谢谢你，日记本，真的太感谢了！ 完美的一天从完美的早上开始，我醒来发现一部手机正躺在我的枕头下面。那么有这三种可能：

1. 我的耳朵在一夜之间变成了手机店。

2. 牙仙显灵了。

3. 我写的日记生效了，我赢得了才艺表演！

我赶紧把手机包装拆了，充上电。为了今晚的

演唱会做准备。好了，该
吃早餐了……

费恩
斯宾塞

我跑下楼去，老妈早
就把奖杯摆在了餐桌上。
我都忘了还有个奖杯。奖
杯一定是赢来的，因为我
的名字就刻在上面。

吃完早餐，我忙着往通讯录里添加号码。一直
到 11 点钟，我的手指都酸了，眼花缭乱的。不过
没关系，我的通讯录终于暴涨了。**费恩·斯宾塞**终
于与世界接轨了。

为了庆祝一下这个历史性的时刻，我跑去商店
准备买一罐柠檬水。我刚进门就碰到**乔什**从店里出
来。他看起来很生气，他说我偷了他的创意。我确
实偷了过来。日记的魔法让我们昨天都唱了一首关
于学校的歌曲，因为我是先上场的，所以大家都觉

得**乔什**在模仿我的表演。**乔什**觉得我把他显得很傻，我说那根本不用我衬托，他本来就很傻。

乔什说再也不会跟我讲一句话了，真的很讽刺啊，我现在有手机了，他可以打给我啊。不过，我真的有点儿负罪感。

今天下午时间过得真慢，通常情况下，我会和**乔什**一起玩体感游戏——**死亡中队**。现在他不可能跟我玩儿了，我决定跟我妹妹玩儿，结果她还玩儿不明白。

两个小时里，我一遍一遍地打败**爱丽**，一直赢也是很无聊的。我想我应该先教一教她游戏规则，可是教会她了就没乐趣了。

终于等到了出发去演唱会的时候了，我穿着**X 战鹰**的 T 恤衫，戴上珍藏的太阳镜。我想照一下镜子，结果太阳镜太黑了，什么都看不见，还一不小心栽进衣柜里。没关系，什么都影响不了我的心情。

我把我的新手机揣进兜里，下楼去看演唱会去咯！

车上，老妈和老爸都好兴奋，没想到**爱丽**也是，我觉得有点儿奇怪，我竟然都不知道**爱丽**也是 **X 战鹰**的粉丝，这么说来，她还是有点儿希望的。

老爸打开广播，**小酒窝查理**的歌声传了过来，他说，听这歌能让我们迅速进入状态，我笑了："老爸，这个笑话真好笑哇！"我随即哼哼起《**软软的梦想**》这首歌来，我被洗脑了！等我们到了体育场附近，我赶紧把歌词咽进肚子里。

可是到了体育场大门口，老爸还没停车，我想老爸一定是有一个心目中理想的停车地点，我们路过了几百个绝佳的停车地点，就为了找到他心目中的那一个。有时候，我的老爸老妈可能也是个完美主义者呢。真是搞不懂他们。

老爸最终把车停在了**小酒窝查理**开演唱会的体育馆旁。我有点儿摸不着头脑，老爸是在跟我开玩

笑吗？如果是，这可一点儿不好笑。当他熄火的那一刻，老妈也紧跟着下车了，我明白了，没人在开玩笑，我们把车停在**小酒窝查理**的场馆前，是因为我们要看的，是他的演唱会……

老爸纳闷儿我为什么看起来很恼火，非常非常恼火。

因为我不要看小酒窝查理的演唱会啊！

我大喊起来，老妈搞不明白，为什么我当初指着**小酒窝查理**的演唱会广告，却不想来看？

我告诉她，我当时指的是另一个广告，✘**战鹰**的，炫酷的✘**战鹰**的演唱会广告！

现在轮到老爸不解了，我既然不喜欢**小酒窝查理**，那我为什么对他的歌滚瓜烂熟？我解释说那都是因为**爱丽**，老妈说："不要总挑妹妹的不是！"现场唯一一个在偷偷笑的人就是**爱丽**了，她得到了所有她想要的，而且还都不用魔法日记！

我想自己待在车里，可是他们不让，所以我只好和老爸老妈一起加入到2000个歇斯底里的六岁女孩儿的队伍当中去。

接下来的一个半小时是我生命中最漫长的一个半小时。看**小酒窝查理**的演唱会已经很不幸了，可是想着另一个体育场上，✘**战鹰**的演唱会正在上演，我觉得这简直是不幸中的不幸啊！

我听了他所有的热门歌曲：

1. 星星点点小蛋糕

2. 嘻嘻猴

3. 吉娃娃、哈哈哈

最后一首是《**软软的梦想**》，我终于舒了一口气。

因为这意味着演唱会终于要结束了。唯一一点让我

欣慰的是，我的朋友是不会来看这么奇怪的演唱会

的，所以没有人知道我来过这里，没有人。

唱这首歌之前，**小酒窝查理**来到前排的观众席

上，观众鸦雀无声，安静得你甚

至都能听见老鼠放屁的声音。

就在这时，某人的电话响了

起来。我忍不住笑了。真丢脸！

结果下一秒我才发现，**是我的**

手机在响！ 我赶忙笨手笨脚

地在兜里摸索，我感觉到背后有上千双眼睛在盯着我。

爱丽怨恨地看着我，就像我给了她的偶像一拳一样。相信我，当我听到另外那首《吉娃娃、哈哈哈》时，我想过这样做。

我之前没看电话说明书，只有呆子才会看那东西，所以我随便按了一个键，想让电话停下。

结果，铃声还在响。我顿时慌了，我把能按的键都按了一遍。终于停下了。我也许都能把手机按坏了，说实话，那一刻，我根本不在乎。

查理唱了两遍《**软软的梦想**》。我其实真没太搞懂到底什么梦想是软的，不过，这都不重要，重要的是演唱会终于结束了。

一回到家，我就直接上楼了。真是不幸的一天啊！我知道只要我写下日记，就会改变今天的事情，我还可以写下我去了 **✗ 战鹰**的演唱会，可是这有什

么用呢？每次改变的事情，我自己都不记得，只有别人记得。不管我怎么做，都不会看见 **✗ 战鹰**的演唱会。不过，我得乐观点儿，至少我有了一部手机。可这也没有让我完全开心起来，因为这手机本来应该是**乔什**的。现在我又有了一件**小酒窝查理**的 T 恤，这应该感谢我老爸。

星期日

亲爱的日记本啊，我今天写得越少越好。

今天早上，耳朵边还萦绕着查理演唱会的声音。
这都拜**爱丽**所赐，她一大早又拿着梳子当话筒，扯
着嗓门儿唱啊唱。

她最喜欢的娃娃——希腊女
神珀涅罗珀都听烦了。

我劝**爱丽**别唱了，还是跟我
玩体感游戏吧。紧接着，她击败了
我十六次。

140

开始我还有点儿搞不懂，她怎么变得这么厉害了。后来才想到我在日记本里写过，我本应该把游戏规则教给她的，事实证明，我真的教了。我说，魔法日记啊，你真是"向着我"啊！

吃完午餐，我不想跟**爱丽**玩游戏了，因为被她击败的次数太多了。所以我就去公园转转，呼吸一下新鲜的空气。我碰巧看见了**布拉德·拉德利**朝我走来，我刚想躲起来，结果被他发现了。他朝我晃了晃他的手机。可我不在乎，因为我也有一个一模一样的手机，我拿出我自己的手机也朝他晃了晃。

但是炫耀手机好像不是**布拉德**的目的。

他按了一下他的手机，结果我的一张大脸就充斥了整个手机屏幕。仔细一看，这不是我昨天看查理演唱会的照片吗？怎么回事？

我脑海里迅速翻转，昨天演唱会的时候，手机铃声响了，一定是我试着关掉铃声的时候不小心按

141

了什么键，结果，就把我的照片发送给了……**布拉德**……不，是通讯录里的所有人！

正当我一身冷汗，**布拉德**又开始吹嘘昨天的 **✗战鹰**演唱会有多棒多棒了。

我不想再听了，转身朝家走去，这要是平时，我一定会去找**乔什**诉苦的，可是现在他不愿理我。

诸事不顺，我错失了最好的朋友，还把一张糗照发给了所有人。这破手机，我还没用它打过一次电话，它就毁了我的生活。我甚至都没去成我心爱的演唱会，而且，我六岁的妹妹的游戏都玩得比我厉害。

我现在坐在日记本前，想通过日记本的魔法弥补一下，我能做点儿什么呢？我什么也做不了。

这个日记本给我惹了一大堆麻烦。它让我在学校受到排挤，又让我失去了最好的朋友。真不该用它。完全依赖这本日记会让好多事情适得其反，我应该

靠我自己，得好好想想除了写日记还能做些什么来弥补这些事情了。

　　我知道该怎么做了⋯⋯

星期一

亲爱的日记，这是我最后一次翻开你了。

今天早上，我早早就起床，先去**乔什**家找他。

开始，他不想见我，可是后来他老妈说："别那么孩子气了！"意思就是"**赶紧去和你的小伙伴和好**"！

不经意间，我发现自从我们闹掰了，**乔什**就爱上了拖地。

我跟他道歉，承认自己偷了他的创意。但是我没告诉他我是怎么知道的。一分钟过后，当我把手

144

机递给他，他一下子就原谅我了。对我来说，没有手机也许是件好事，我现在已经不确定自己需要手机了，为了这部手机，我这两周的生活简直一团糟。

乔什跟我说，他的手机修好了，有人给他发了一张我看演唱会的照片，他说他都不知道我有这么喜欢**小酒窝查理**呢！我听出来他这是在挖苦我，他开始大笑起来，他说他知道我不喜欢查理，一定是**爱丽**想我去的，陪妹妹一起参加演唱会真的很贴心，毕竟**爱丽**在才艺表演上也帮了我大忙。

我才意识到**乔什**以为我是故意群发这张照片的，而且他觉得我很有勇气。兄弟，别搞笑了！

我微笑着说："为了我老妹儿，我愿意做任何事情。她可是万里挑一的！"其实，我的言外之意是"我老妹儿是世界上最烦人的讨厌鬼"。

我们聊得正欢，聊着聊着竟然忘了时间，眼看上学要迟到了，**乔什**的老妈只好开车送我们去。

145

车上的广播放着 **X 战鹰**的最新单曲，广播说，很遗憾周六晚上的演唱会被取消，下一次的演唱会安排在下周。简直不敢相信我的耳朵！**布拉德**撒谎了，他根本没看过，而我又有机会了！好吧，前提是我得弄到票。

学校里，我刚走到我的储物柜前，**布拉德**又在那里等着我。他还想用我发的照片大做文章，围观的同学越来越多，他说，酷小子都会去 **X 战鹰**的演唱会，才不会去看查理的呢！

我跟他讲，至少我的演唱会是真的。你的演唱会都取消了，你是怎么去的？我突然间想到早上**乔什**跟我说的话，我决定扳回一局。"你难道不知道我是故意把照片发给同学们的吗？这是一个笑话，就好像我真的喜欢**小酒窝查理**似的。我这是拿我自己开心呢。每个人都看懂了，除了你。你没事儿吧，**布拉德**？你的幽默感去哪儿了？"

我的这番话奏效了，其他同学开始哈哈大笑，**布拉德**突然要去厕所了，他终于能够体会到我之前的心情了。

紧接着，**克劳迪娅**朝我走来，我紧张得一身汗。她说我很酷。她还说看到的我是一个情感细腻的男生，其他男生都在装酷，天天张口闭口就是 **✗ 战鹰**。像我这样会写诗给奶奶、带小妹妹去演唱会、还穿着查理的 T 恤取悦大家的男生真的很温暖。

我目瞪口呆，不知道说什么好。还没等我反应过来，**她约我一起出去玩儿，**对咯，你没看错，**克劳迪娅**约我一起玩儿！我们约好下周六一起去镇上玩儿。

接下来发生的事我完全不在乎，哪怕是学校着火了，或者被外星猴子侵袭了……我只知道我还沉浸在**克劳迪娅**的话中。**她竟然想和我做朋友！**

我和**乔什**放学后一起玩体感游戏。**乔什**说，他

有个想法。这要是往常，他的想法肯定是个大麻烦，恰巧这次的不是。他说现在他的手机修好了，我们应该把我赢来的手机卖掉，然后买两张 **✗ 战鹰**的门票。**乔什**简直就是个天才。终于知道我为什么会和他成为好朋友了。

等我回家发现我们根本不用卖任何东西。我老爸的一个同事有票，但是下周有事，不能去了。老爸就把票买下了！我就说我老爸是世界上最棒的老爸吧！

我入睡前，仔细回想了我的这一天。想想有没

有发生需要用魔法日记来改变的事情。**布拉德**不再挑衅我了，因为我勇敢地反抗了；**乔什**跟我和好了，因为我道歉了；我能去看 ✗ **战鹰**的演唱会了，因为我有爱我的老爸老妈；**克劳迪娅**也想加入到我的朋友圈里了。这些都跟魔法日记没有关系。这些的发生都是因为**我自己**。

我意识到我根本不需要魔法日记，只要做我自己就够了。如果我在对的时间做了对的事情，我就根本不需要魔法来改变什么。如果我没有在对的时间做对的事情，那我就应该尽全力改正。是时候该扔掉这本日记了。

就像我在开篇说的那样，我不是一个爱写日记的人。我是一个**酷骑小子**。我不需要魔法日记。是时候说再见了。如果我将来想把我的故事拿出去赚钱，那我就回想一下就好了。总对过去的事纠结根本不值得，除非是非常非常重要的事。不对，再重

要的事也不值得！我是**费恩·斯宾塞**：酷骑小子。

魔法日记，是时候和你说再见啦！

虽然……我应该在**爱丽**总在游戏上赢我这件事上做点什么，不过我也束手无策，对吧！

费恩能抵挡住魔法日记的诱惑吗？

他真的不会再翻开日记了吗？

快去《魔法日记：超级巨星》中寻找答案吧！

《魔法日记：超级巨星》同样精彩

费恩能抵挡住魔法日记的诱惑吗？

他真的不会再翻开魔法日记了吗？

快去《魔法日记：探险英雄》中寻找答案吧！

《魔法日记：探险英雄》同样精彩

费恩会有一个难忘的毕业舞会吗？

这一次，你一定会开怀大笑的！

《魔法日记：校园舞王》同样精彩